文春文庫

昨日のまこと、今日のうそ

髪結い伊三次捕物余話

宇江佐真理

文藝春秋

目次

昨日のまこと、今日のうそ

髪結い伊三次捕物余話

◎主要登場人物

伊三次《いさじ》　廻りの髪結い職人。そのかたわら不破友之進の小者をつとめている。
お文《ぶん》　伊三次の女房で日本橋の芸者をつづけている。
伊与太《いよた》　伊三次とお文の息子。絵師になるため修業中。
お吉《きち》　伊三次とお文の娘。
不破友之進《ふわとものしん》　北町奉行所臨時廻り同心。
不破龍之進《ふわりゅうのしん》　北町奉行所の定廻り同心。友之進といなみの息子。
いなみ　友之進の妻。
茜《あかね》　友之進といなみの娘。松前藩の下屋敷へ奉公に上がっている。
きい　龍之進の妻。
九兵衛《くへえ》　伊三次の弟子。
松助《まつすけ》　不破家の中間から御用聞きに。
おふさ　松助の妻。伊三次の家の女中。
佐登里《さとり》　身寄りがなかったが、松助、おふさの元で息子として育てられている。

共に見る夢

一

八丁堀・亀島町《かめじまちょう》の組屋敷内にある不破《ふわ》家の師走は例年にもまして気忙《きぜわ》しい日々が続いていた。それは言うまでもなく龍之進《りゅうのしん》に長男が誕生したためである。今まで庭に訪れる雀のチュンチュンという愛らしい鳴き声で目覚めていた朝も、近頃は赤ん坊のけたたましい泣き声に取って代わった。

生まれた赤ん坊はお七夜《しちや》の祝いの時に栄一郎《えいいちろう》と名付けられた。名付けたのは龍之進の父親の不破友之進《とものしん》である。不破は最初、お前達の倅《せがれ》だから、お前達で名付けたらよいと息子夫婦にやんわりと言ったのだが、龍之進の妻のきいが、是非ともお舅《と》っ様に、名付けていただきたいと強く言った。友之進はそれを聞いて大層嬉しかった。もちろん、龍之進にも異存はなかった。

不破家の繁栄を願って不破は「栄」の字をまず考えたが、その下を太郎にするか、一郎にするかで大いに迷った。不破の妻のいなみが、栄太郎はのどかな感じがするので、ここは武士の息子らしく栄一郎のほうがよいのでは、とさり気なく助言した。のどかな感じと言われて不破はいささか、むっとした。

「何がのどかだ。それでは、お前はよその栄太郎に、のどかなお名前ですことと言うのか」

不破の言葉にいなみは小さく噴《ふ》いた。

「栄太郎は商家の跡取りの方にもありそうなお名前なので、どうせなら栄一郎のほうがきりりとしていると思っただけですよ。わたくしがよそさんの栄太郎さんに、のどかなお名前ですことなどと申す訳がないじゃないですか」

いなみは呆れたように言う。

「どうだ、きい。どちらがよい」

不破は迷った末、きいに訊《き》いた。きいは舅《しゅうと》と姑《しゅうとめ》の顔を交互に見てから、栄一郎がよろしいかと存じます、と低い声で応《こた》えた。

「よし。ならば栄一郎で決まりだ」

不破は決心を固めた。すると龍之進が、父上、おれの意見はどうなります、と不満そうに口を挟《はさ》んだ。

「おれの意見だと？　名前をつけてくれと言ったのはお前達だぞ。今さら四《し》の五《ご》の言うな。それとも、お前はのどかな栄太郎がよいのか」

いなみときいは肩を震わせて笑いを堪《こら》えていた。すっかり栄太郎がのどかな名前になってしまったらしい。

まあ、そのような他愛ない経緯《いきさつ》はあったが、赤ん坊の名前は無事に決まった。不破は奉書紙《ほうしょがみ》に不破栄一郎と書き、うやうやしく神棚に掲《かか》げたものである。

栄一郎が誕生すると、不破や龍之進の友人、知人、親戚より誕生祝いが続々と届けられ、床の間に溢れんばかりとなった。

きいの伯母のおさんは近所の女房達にも声を掛け、古い浴衣《ゆかた》を解《ほど》いて拵《こしら》えた大量の襁褓《むつき》を届けてくれた。襁褓は新しいものより着古されて繊維が柔らかくなったもののほうが赤ん坊の肌には優しい。実用的な祝いの品だった。

髪結いの伊三次《いさじ》の女房のお文《ぶん》は、呉服屋から取り寄せた独楽《こま》や凧《たこ》の柄《がら》の入った反物を色違いで揃えて三反届けてくれた。それにはきいが大層喜んだ。三反もあれば、かなり大きくなるまで縫い直して着せられるからだ。

きいの弟の小平太《こへいた》も甥《おい》っ子の栄一郎に祝いの品を届けたい気持ちはあったが、養子に入っている笹岡《ささおか》家ではそのつもりがなく、小平太は仕方なく、少ない小遣いの中からでんでん太鼓を買って持って来てくれた。

気後《きおく》れしたような小平太を不憫《ふびん》に思ったのか、不破は「お前は余計なことを考えずともよい。要《よう》は気持ちだ。栄一郎の叔父としていついつまでも見守ってくれるだけで十分だ」と、泣かせるようなことを言った。小平太は、泣きはしなかったが、そんな不破を安心した表情で見つめていた。

お祝いの圧巻は松前藩《まつまえはん》の下屋敷に奉公している龍之進の妹の茜《あかね》から届けられた特大の鯉幟《こいのぼり》だった。室町《むろまち》にあるおもちゃ屋で誂《あつら》えた緋鯉《ひごい》、真鯉《まごい》、不破家の家紋の入った吹き流し、それに八間半（約十五メートル五十センチ）もあろうかと思われる杉の樹《き》でできた棒柱だった。それはおもちゃ屋の出入りの植木屋が馬車を仕立てて届けて来た。不破家の誰もがその祝いの品に度胆《どぎも》を抜かれた。

「師走に鯉幟を届けるとは呆れた奴だ。端午《たんご》の節句の時でいいだろうに」

不破は嬉しいくせに、そんなことを言う。

栄一郎が生まれると、いなみはすぐに手紙をしたため、茜に知らせた。茜は張り切って鯉幟を注文したのだろう。短期間の内に注文の品が届けられたのは松前藩の威光もあるのだろうと、いなみは思う。

「栄一郎のお誕生祝いですもの、端午の節句まで待っていられなかったのですよ」

いなみは、いかにも茜らしいと、感激していた。鯉幟はともかく、杉の棒柱はそのままにして置けず、下男の三保蔵《みほぞう》と中間《ちゅうげん》の和助《わすけ》に手伝わせて、庭の一郭《いっかく》に立てることにした。

八間半もある棒柱だから、そのまま立てても強い風が吹いたら倒れてしまう。三保蔵は土台をしっかりしなけりゃなりやせん、と言って半日も掛けて土台作りをし、ようやく棒柱を収めた。杉の樹のてっぺんには矢車が取り付けてあった。矢車は師走の風に煽《あお》られて、かたかたと無粋な音を立てた。庭の景色も何んだか変わってしまったように見えるが、それもこれも栄一郎のためだから仕方がない。翌年の端午の節句には勇壮に泳ぐ鯉幟を見るのを不破家の誰もが楽しみにしていた。

届けられる誕生祝いが一段落すると、いなみは祝儀、不祝儀を控えている帳面に、ひとつひとつ、祝いの品と贈り主の名前を書きつけた。そうしておけば、あとで参考になるからだ。あまりつき合いのない人間となると、香典はともかく、祝儀を出すか出さないか迷うものである。過去に頂戴している場合はお返しの意味でも届けなければならない。人づき合いというものは、武家や町家に拘《かかわ》らず厄介なものである。だが、義理を欠くことは避けなければならない。

いなみは不破家に輿入《こしい》れした時、姑から香典は何を差し置いても届けるようにと言い含められた。祝言、子供の誕生の時は、控えの帳面を見て、それなりに対処すべきと教えられた。そうは言っても、中には判断に迷うことも多々あった。貰うばかりで決して出そうとしない人間もいたからだ。

無駄な出費を控えるつもりなのか、ただの吝嗇《りんしょく》なのか、四十を過ぎたいなみにも理解できないことだった。不破はいなみの思惑などさっぱり頓着《とんちゃく》せず、出せ出せと言う男である。いなみは渋々、不破の言う通りにするが、何んとなく承服できないものもあった。特に小平太が養子に入っている笹岡家には不満を感じる。

小平太の実の姉に子供が誕生したのに知らん顔をしているのがわからない。きいに対して色々と含むところもあるのだろうが、正式に龍之進の妻となったからには、それなりのつき合いもあろうというものだ。小平太が可哀想だから、いなみも表向きは何も言わなかったが。

笹岡家ばかりでなく、この度の栄一郎の誕生にも、案の定、何も届けて来ない家が何軒かあった。それはそれで仕方のないことと諦めていたが、不破の同僚の岩瀬修理《いわせしゆり》だけは気になった。

岩瀬修理は不破より少し年下で、長く吟味方同心《ぎんみかたどうしん》を務めていたが、数年前より臨時廻《りんじまわ》りとなった男である。跡継ぎの長男は、ただ今、本所見廻《ほんじよみまわ》り同心を務めている。長男は龍之進より早く祝言を挙げており、子供もすでに三人いた。

昨年、三人目の子供が生まれた時、いなみは祝いの品を届けた。岩瀬は妻女の清乃《きよの》と一緒に恐縮しつつ、大層喜んでくれたものである。岩瀬は龍之進の祝言の時も出席してくれた。いや、茜が松前藩に女中奉公に上がる時も、心ばかりと言いながら餞別《せんべつ》を届けてくれたのだ。

そんな岩瀬がこの度だけ音沙汰《おとさた》がないのはどうしたことだろう。不破に言えば、細かいことを言うな、と怒鳴るだろう。だからそのことは自分の胸に留《とど》めていたが、栄一郎が誕生してひと月経《た》っても、いなみは喉に刺さった小骨のようにもどかしく思っていた。それで、こっそり息子の龍之進へ、岩瀬様はお変りなくお過ごしでしょうか、と訊いてみた。

不破よりひと足早く奉行所へ出仕する龍之進を見送る時だった。

「臨時廻りの岩瀬様のことですか」

龍之進は怪訝《けげん》な表情でいなみを見た。

「ええ」

「さてそれは。部署が違うので詳しいことはわかりませんが、奉行所には毎日、出仕されておりますよ。何か気になるのでしたら、父上にお訊《たず》ねになってはいかがですか」

「申し上げ難いのですよ」

「なぜですか」

「細かいことを言うなと叱られそうで……」

「よくわかりませんが」

龍之進は怪訝な表情のままだった。

「あの方、旦那様とはお仕事もご一緒ですし、今までそれなりにおつき合いをして来たつもりでおりました。昨年、三番目のお孫さんがお生まれになった時も、お祝いを届けているのですよ」

いなみは低い声で言う。龍之進は母親の表情から、ようやく察しをつけ、つまり、岩瀬殿から栄一郎の誕生祝いが届いていないということですね、と訊いた。いなみは小さく肯《うなず》いた。

「岩瀬殿は、うっかり失念しておられるのでしょう。そういうことはよくあることですよ。まさか、こっちは祝儀を出しているのだから、お前も出せとも言えませんし」

「それはそうですが……」

「父上には申し上げなくてよかったですよ。修羅場《しゅらば》になるところでした」

「大袈裟《おおげさ》な」

「母上は父上と違い、金銭面はきっちりしておられるので、なおさら気になるのでしょう。ま、お気持ちはわかります。それとなく様子を窺《うかが》っておきましょう」

「ごめんなさい。つまらないことを言って」

「いえ、別に。それでは……」

龍之進は一礼すると、和助を従えて出かけて行った。

いなみは龍之進に話したことで気が楽になり、龍之進が帰宅するまで岩瀬のことは忘れていた。それでなくても、栄一郎のことで一日中、振り回されているのだ。栄一郎は乳がほしい時と襁褓が濡れている時ぐらいしか泣かない子供だった。手が掛からないというものの、一旦泣き出すと、その泣き声は凄《すさ》まじかった。乳は一刻半《いっときはん》（約三時間）おきにきいが与えているが、夜中もその通りなので、きいは近頃、寝不足気味の様子だった。いなみは中食《ちゅうじき》の後はきいに昼寝を勧め、その間、栄一郎を抱いてあやし続けた。

二

不破は帰宅すると、すぐに栄一郎の顔を見て腕に抱えたがる。手を洗って下さい、うがいをなさって、といなみは声を荒らげた。その声に驚いて栄一郎は泣き声を高くした。

「怖いお婆《ばあ》ちゃんだのう。栄一郎、気にするでないぞ。お婆ちゃんは鬼でも蛇《じゃ》でもない。お前を心底可愛いと思っておるのだぞ。この爺《じじ》も同じだ。ほれほれ、泣くでない。泣けば烏《からす》がまた騒ぐ」

不破は手洗いとうがいを終えると栄一郎を抱え上げ、おどけた口調であやした。不思議なことに、不破が話し掛けると栄一郎は泣きやんだ。それが不破を得意にさせていた。もうひと月を過ぎているので、眼は見えているはずである。きょとんと丸い眼は龍之進の赤ん坊の頃とよく似ていると、女中のおたつは度々言った。

その夜、龍之進は務めが長びいていたせいか遅い時間に帰宅した。不破はすでに寝間に引き上げ、おたつも女中部屋に引っ込んでいた。

茶の間には、いなみときい、それに座蒲団に寝かせられた栄一郎がいた。栄一郎は眠気が差す様子もなく、むにゃむにゃと手足を動かしていた。

「何んだ、まだ栄一郎は寝ておらぬのか」

龍之進は栄一郎の頰を指で突っついて、嬉しそうに言った。

きいは箱膳《はこぜん》の覆《おお》いを外《はず》しながら、さっきまで寝ていましたから、これから寝かしつけるのは少し大変ですよ、と応える。それから龍之進の茶碗にめしをよそったり、吸い物を椀に入れたりして晩めしの用意をした。

「母上、岩瀬殿のことですが……」

吸い物をひと口啜《すす》って、龍之進は朝方にいなみから頼まれた用件に触れた。

「ええ……」

「奥様が病《やまい》を得て、臥《ふ》せっていらっしゃるとのことでした」

「まあ」

思わぬことで、いなみはそう言ったきり、言葉に窮《きゅう》した。

「予断をゆるさない情況だそうです」

「どのような病なのでしょうか」

「詳しいことはわかりませんが、腹の中に腫物《はれもの》ができて、ひどく苦しまれているとのことでした」

「あの方はお若い頃、薙刀《なぎなた》の修業をされていたので、お身体は人より丈夫だと思っておりました。病に倒れるなんて、ちょっと信じられません」

昨年、岩瀬家を訪れた時の清乃は顔色もよく、微塵も具合の悪そうな様子はなかった。

「ですから、栄一郎の誕生祝いどころではなかったのでしょう」

「そうですね。そういう事情なら無理もありませんよ。近い内にお見舞いに伺います」

いなみはため息交じりに言った。それがよろしいでしょう、と龍之進も応える。

「岩瀬様の奥様はおっ姑《か》様より年下ではなかったでしょうか」

きいは茶を淹《い》れながら、ふと思い出したように言った。

「そうですよ。わたくしより二つほど年下だったと思います。岩瀬様だって、うちの旦那様より年下のはずですよ」

「四十を過ぎると、色々と身体に影響が出るものなのですね。おっ姑様も、どうぞお気をつけて」

「ありがとう、きいさん。気をつけますよ」

いなみは笑顔で応えたが、内心では情けない気持ちでもあった。かつては人生五十年とも言われていた。今は還暦前に亡くなる人を短命とする風潮だが、それでも還暦まで生きるのは難しいことなのかも知れない。

だから還暦祝いをかくも盛大に執《と》り行なうのだろう。いなみの母親も不破の姑も還暦前に亡くなっている。それを思うと、いなみは自分に残された命も、それほど長いものではないのだと思えてくる。

「うちの母上は当分、大丈夫だろう」

龍之進は二杯目のめしをぱくつきながら呑気《のんき》に言った。

「ええ、あたしもそう思っておりますが、岩瀬様の奥様のことをお聞きしますと、何やら心配になりますよ」

きいは困り顔をして応えた。

「寿命など誰にもわかりませんからね。わたくしが栄一郎の顔を見ることができたのも生きておればこそですよ。孫の世話ができるのは心底ありがたいと思います。皆々、龍之進さんときいさんのお蔭ですよ」

いなみはそう言って栄一郎の手を握り、左右に揺すった。栄一郎は嬉しそうに足をばたつかせた。

岩瀬修理は妻女の病のことなど周りに微塵も感じさせることなく、奉行所では務めに励んでいた。近頃、岩瀬は朝の申し送りを済ませると、奉行所付きの中間を従えて、すぐさま外出することが多い。臨時廻り同心は定廻《じょうまわ》り同心と仕事の内容にさほど差はないが、どちらかと言えば定廻りの補佐という感じである。しかし、不破には岩瀬が奉行所内で問題になっている事件と別の問題を抱えているような気がしていた。それが重大な問題ならば、いずれ自分か臨時廻りの同僚に明かすだろうと思い、こちらからは、どうしたどうしたと追及するつもりはなかった。

師走の二十日も過ぎて、暮も押し迫ったある朝、岩瀬は出仕して間もない不破を廊下で待ち構え、不破殿、折り入って話がござる、と切り出した。不破は内心で、とうとう来たか、という気持ちだったが、表向きはそしらぬ振りを装って訊いた。

「ほう、どのようなことでござるか」

岩瀬は気後れした表情で辺《あた》りに眼をやった。

出仕して来た同心達が朝の挨拶を交わしながら二人の横を通り過ぎる。

「あまり人の耳には入れたくないことなので、定廻りの連中が出かけた後で話をしたいと存じまする」

岩瀬は早口にそう言った。

「わかり申した。それでは後ほど」

不破は気軽に請け合い、定廻りの申し送りが済むのを待った。やがて、連中がそれぞれに出かけると、同心部屋には不破と岩瀬、それに緑川平八郎《みどりかわへいはちろう》が残った。

緑川は不破の朋輩《ほうばい》で隠密廻《おんみつまわ》り同心を長く務めた男である。今は不破と同様に臨時廻りに所属している。代わって息子の鉈五郎《なたごろう》が隠密廻りの任に就《つ》いていた。事情を知らない緑川はこの後、不破とともに湯屋にでも行こうかと心積もりしていたらしい。

「出かけぬのか」

緑川は少し怪訝な表情で不破に訊いた。

「いや、おれは岩瀬殿とちょっと話があってな」

「おお、そうか。おれがいては邪魔だったか。これは気が利《き》かぬことで。許せ」

緑川はさして気分を害した様子もなく腰を上げた。

「いえ、緑川殿もよろしかったら相談に乗っていただきたい」

岩瀬は、ふと思いついたように言った。長年、吟味方同心を務めていて、下手人、咎人《とがにん》をいやというほど見て来たはずだが、その表情には鷹揚《おうよう》なものが感じられる。いや、岩瀬の吟味のやり方には高圧的なものがなく、いつも下手人や咎人の気持ちを考えていると定評があった。それゆえ、人のよい者なら素直に白状することも多い。「仏の岩瀬」と渾名《あだな》で呼ばれていたことにも納得が行くというものだ。

もともと地黒の男であるが、それに陽灼《ひや》けも加わって、肌の色は渋紙色《しぶかみいろ》をしている。特徴のあるどんぐりまなこも、近頃は目尻が垂れ、若い頃の半分ぐらいの大きさになっていた。濃い眉だけが昔のままだったが、穏やかな顔にその眉は似合わなかった。

「いやいや、お気遣いなく。存分に不破殿とお話しなされ」

緑川は岩瀬の言葉をお愛想と捉《とら》えて遠慮した。

「緑川殿は長く隠密廻りを務めておられた方。それを見込んでそれがしもご相談したい気持ちになりました。どうぞ、お願い致しまする」

畏《かしこ》まって頭を下げた岩瀬に、緑川も浮かし掛けた腰を元に戻した。

「実はそれがし、さるお大名の家老より若君の身辺を、それとなく見張るように頼まれておりました」

岩瀬は幾分、声を低めて事情を話し始めた。

本来、町奉行所は町人の取り締まりが主《おも》だが、差し迫った事情のある大名、旗本は警護の目的で町奉行所に協力を求めることもあった。岩瀬も何かの機会にその大名家と繋《つな》がりができたのだろう。

名前は明かさなかったが、西国《さいごく》のかなり大きな大名家であるという。次期藩主と目《もく》されている若君は当年十九歳だった。しかし、若君は現藩主の三男で、これまでは、いわゆる冷やめし喰いの立場で江戸の藩邸で暮らしていた。次男は他家に養子に入っているという。藩主や家老達は長男にもしもの場合を考えて、その若君を養子に行かせず、江戸藩邸に留めていたのである。言わば捨て石の存在だった。

若君自身は、もしもの場合など微塵も考えていたふうもなく、屋敷内の同じ年頃の若党と一緒に剣術の道場や論語の塾に通っていた。道場や塾の帰りには気軽に水茶屋に立ち寄ったり、また、屋台の田楽なども立ち喰いしていたらしい。まあ、青春を謳歌していた様子である。

ところが、二年前、五つ年上の長男が流行《はや》り病で呆気なく亡くなると、若君に次期藩主の大役が巡《めぐ》って来たのである。すでに将軍にお目通りをして、その了承を得ているとのことだった。

冷やめし喰いと次期藩主では、もちろん、事情が変わってくる。気軽に市中を歩き廻ることなどできない。若君はしばらくの間は殊勝《しゅしょう》にしていたが、我慢できず、懇意にしていた若党と、またぞろ藩邸を飛び出すようになったのだ。

若君は藩邸内の湯殿よりも町中《まちなか》の湯屋を好み、市中を散策する前に眼についた湯屋の暖簾《のれん》を潜《くぐ》るのがもっぱらだった。

特に八丁堀の湯屋は七不思議のひとつにも数えられているように、女湯には刀架《かたなか》けが設《しつら》えてある。それは朝から湯屋に行く女が少ないことから、朝の時間帯だけは男でも女湯に入ることができたからだ。

若君は女湯に入ることに興《きょう》を覚え、二日に一度は八丁堀の湯屋を訪れるという。

「それの何が問題なのでござるか。傍《そば》に若党がついておるなら、さほど心配することもありますまい」

　不破は埒《らち》もないという表情で言った。

「はあ、不破殿のおっしゃる通りでござるが、何分にもお立場というものがござる。ご家老は大層心配しておられます」

「拙者はまた、若君が辻斬《つじぎ》りでも働いておるのかと、そちらのほうを心配しておりました。お立場上とはいえ、湯屋ぐらいは大目に見て差し上げても構わぬのではないでしょうか。市中の事情に通じた次期藩主なら、むしろ頼もしいと思いますがの」

「それがしもそのように考えますが、若君が市中に繰り出すのはお忍びでござる。今は何事もなくとも、万一、ならず者に出くわして難癖をつけられ、怪我でも負っては一大事でござる。若君にまでもしもの場合があっては、その大名家は改易《かいえき》（取り潰《つぶ》し）の憂き目を見る恐れがござる」

　岩瀬は大名家の家老に同情した口ぶりだった。

「岩瀬殿に何か手立てがござるのか」

　緑川はようやく口を挟んだ。

「これがさっぱりでござる」

　岩瀬は髷《まげ》に手をやって弱った表情になった。

「とり敢《あ》えず、八丁堀の湯屋の出入りを制すればよろしいのか」

緑川は試すように訊いた。

「そういうことができますかな」

岩瀬は不安そうに緑川を見た。

「ちょいと策《さく》を弄《ろう》すれば、できないこともない」

「どうすると」

不破は見当もつかず、緑川に訊いた。

「その前に若君が通う湯屋は決まっておるのでござるか」

「は、はあ。代官屋敷通りから亀島町川岸《がし》に向かった所の北島町《きたじまちょう》にある『相模湯《さがみゆ》』でござる」

不破の住む組屋敷とも存外に近い。いや、相模湯は緑川とも時々通う湯屋でもあった。唐破風《からはふ》造りの結構大きな湯屋だった。

「それで緑川殿。具体的に策とはどのような」

岩瀬は心配顔のまま続ける。

「まあ、若君というお人は怖いもの知らずと申しましょうか、今までさほどいやな目には遭《あ》われていないご様子。それをいいことに、これからも気儘《きまま》にあちこちを歩き廻ることでござろう。しかし、市中には様々な人間がおりまする。危険な場合もあるのだと肝《きも》に銘《めい》じていただければよろしいのではござらんか」

「は、おっしゃる通りでござる」

「ちょいと怪しげな連中を集めましょう。なに、若君に怪我を負わせるようなことはありませぬが、ほっぺたのひとつ、ふたつぐらい張られるのは覚悟していただきませんと」

緑川は荒療治に出るようだ。

「怪しげな連中はどうして集める？」

不破は緑川の思惑がまだピンと来《こ》ずに訊いた。

「小網町《こあみちょう》の『千成屋《せんなりや》』の親仁《おやじ》に声を掛けたら、倶利伽羅紋々《くりからもんもん》の若い者を五人や十人は集められるだろう。親仁だって、背中や腕に見事な彫り物があるしな」

千成屋は小網町にある酒屋である。その見世《みせ》の主《あるじ》は甲子蔵《きねぞう》という六十がらみの男で、不破もよく知っていた。甲子蔵は、やくざ者ではないが、若い頃は結構な暴れ者で、奉行所の世話になったことも一度や二度ではない。

今は年のせいでずい分、おとなしくなったが、貫禄は失われていなかった。

「平八郎、名案だの」

不破がからかうように言うと、緑川は唇の隅を歪《ゆが》めて、ふっと笑った。

「そ、それでうまく行くものでござるか」

岩瀬は二人の顔を交互に見て訊く。

「細工は流々、仕上げをごろうじろ、というものでござる。ただし、岩瀬殿、集めた若い者に幾らか小遣いと酒代、それに湯銭を持ってほしいと先様にお伝え下され」

緑川は抜け目なく言った。

「承知致しました。それでは、これからさっそく、それがしはご家老に伝えに参りまする」

「我らは小網町だの」

緑川は不破に顎《あご》をしゃくった。不破は肯いた後で、岩瀬殿、奥様のお加減はいかがでござるか、と控えめに訊いた。妻女の清乃が病を得たことは、不破の耳にも入っていた。

岩瀬はその拍子に眉間に皺《しわ》を寄せた。

「ご心配をお掛けして申し訳ござらん。家内は……そう長くはないと思われまする。医者も匙《さじ》を投げましたゆえ」

岩瀬は表情とは別に淡々とした口調で言った。不破と緑川はつかの間、言葉に窮した。

「風邪ひとつ引かない丈夫なおなごでありましたので、まさか病に倒れるとは夢にも思っておりませんでした。お二人も奥様の体調にはくれぐれもお気をつけていただきたい。それでは急ぎますので、これで」

岩瀬はそう続けると、小さく頭を下げて同心部屋を出て行った。

「気の毒に」

不破は独り言のように呟《つぶや》いた。

「一家の女房が倒れるのは家族にとって大変なことだ。まあ、岩瀬殿のお家は倅が嫁を迎え、孫も三人いるから、今後のことはそう心配ないだろうが、岩瀬殿にしてみれば辛いことだろう。惚れて迎えた奥様だからな」

緑川は訳知り顔で言う。

「そうなのか？」

「おぬしも同じだろうが。小太刀《こだち》の遣い手だったいなみ殿にぞっこん惚れ込み、大枚の金を工面して吉原から身請《みう》けしたではないか」

「昔のことは言うな」

不破は声を荒らげた。不破にとって、それはすでに過去のことだった。今さら他人に言われたくない。

「気分を害したのなら許せ。悪い意味で言ったのではない。あの頃、正直、おぬしの一途さが羨《うらや》ましかったのだ」

「羨ましかった？」

不破は呑み込めない表情で緑川を見た。

「ああ。おぬしも知っておろう。おれに言い交わしたおなごがいたのを。だが、おれの母親に下男の娘など緑川家の嫁にできぬと反対された。父親は婿養子だったから母親の言うことに逆らえない。母親が一旦駄目と言えばどうすることもできなかったのだ」

その事情は不破もよく知っていた。

「喜久壽《きくじゅ》とは今でも続いているのか？」

緑川の相手は深川で喜久壽という権兵衛名《ごんべえな》（源氏名）で芸者をしている女だった。今でも芸者を続けているかどうかはわからない。

「はっきり別れ話をした訳ではないが、お互い年を取ると色気もなくなり、この頃は滅多に深川に行くこともなくなった。こうっと半年ほども顔を見ておらぬが、向こうもさして気にはしていないだろう」

「そんなものかの」

「そんなものだ。おれの話はもういいだろう。岩瀬殿は若い頃、薙刀の稽古《けいこ》をする奥様の様子を道場の窓から覗《のぞ》いておったそうだ。奥様はそれに気づくと、薙刀に興味があるなら稽古においでなされと勧めたそうだ。岩瀬殿は、薙刀に興味はなかったが、奥様と言葉を交わす機会だと考え、それから稽古を始めたらしい。その頃でも奥様は天道流《てんどうりゅう》の薙刀の遣い手として、江戸では五本の指に入る腕前だった」

緑川は自分の話を仕舞いにして岩瀬の話を始めた。

「そう言えば、岩瀬殿は薙刀が得意だと聞いたことがある。実際にこの眼で見ておらぬが」

「それも奥様の指南の賜物《たまもの》だろう。奥様の母親が薙刀の道場を開いて、武家の子女に稽古をつけておったのだ。岩瀬殿は娘達に交じって稽古をしたらしい。その姿を想像すると滑稽だが、それもこれも惚れた弱みよ」

「なるほど。それでとうとう思いを遂げて奥様に迎えたのだな」

「そういうことだ。奥様の母親はかなり反対されたそうだ。それはそうだろう。三十俵二人扶持《ににんぶち》の町方役人に嫁がずとも、他にもよい縁談は山のようにあったはずだ。だが、奥様の父親ができたお方で、娘の気持ちを最優先に考えて嫁に出したのだ」

「その後、お二人は仲睦まじく暮らして来られた。岩瀬殿は倖せな男だ」

「その倖せが、ここに来て、ぷっつりと途切れることになってしまった。しかし、人は遅かれ早かれ死を迎えるものだ。岩瀬殿はすでに覚悟を決められているに違いない」

「世の中はうまく行かぬものだの」

ため息交じりに言った不破に、緑川も小さく肯いていた。

三

それから二人は奉行所を出ると小網町の千成屋に向かった。歩く道々、緑川は「岩瀬殿は問題の若君のお家の名を言っておらなかったが、おぬし、心当たりがあるか」と訊いた。

緑川はもはや務め向きの顔になっていた。

反対に不破は岩瀬の妻女と緑川の相手の喜久壽のことが胸にわだかまっていた。

「いや」

「おれもさほど自信はないが、もしや有馬《ありま》様ではなかろうかと思っている」

有馬様とは筑後国久留米《ちくごのくにくるめ》藩の有馬家のことだった。二十一万石の大名である。

「その根拠は？」

不破は怪訝な思いで訊く。

「久留米藩の七代目の藩主は有馬頼徸《よりゆき》様という御仁《ごじん》で和算の業績でよく知られておった。この有馬様が諸藩中、比類なき俠客《きょうかく》とものの本に記されておるのだ」

「若君はその方のご子息か」

「いや、孫かひ孫に当たるのだろう。ただ、問題の若君が市中の湯屋へ出入りしていると聞いて、これは先祖の血かとも思ったのよ」

「俠客の大名とは、ちと大袈裟ではないのか」

「まあ、粉飾しているだろうとは思うが、男伊達《おとこだて》を身上とされる藩主だったのだろう」

「それと和算がどう繫がるのだ」

「わからん」

緑川はあっさりと応える。不破は喉の奥からこもった笑い声を洩《も》らした。

千成屋甲子蔵は二人の突然の訪問に大層驚いた顔をしたが、事情を話すと、ようがす、あっしに任せておくんなせェ、と快く引き受けてくれた。若君が一日おきぐらいに相模湯を訪れるなら、棒に振る日を入れても、せいぜい三日ほどで片《かた》がつくだろうと言った。湯屋の二階で待機して、若君が訪れたら、おもむろに若い者を湯殿に向かわせるという。湯屋の二階は男の客が寛《くつろ》ぐ座敷となっていた。

万一、喧嘩となり、若君が怪我を負ってはまずいので甲子蔵もその場に立ち会うという。

不破と緑川は湯に入らないが、覗き窓からこっそり様子を窺うつもりだった。

甲子蔵は相模湯の主とおかみとは懇意にしているので、段取りも自分がつけると頼もしいことを言ってくれた。

そうして集められた連中は背中一面に彫り物をした駕籠《かご》舁《か》き、鳶《とび》職の十人ほどで、十八から二十歳前後の若者達だった。皆、体格がよく、いずれも六尺（約百八十センチ）近い大男ばかりで、甲子蔵を実の祖父のように慕《した》っていた。千成屋の親仁の頼みならと、ふたつ返事で引き受けてくれたという。

いよいよ暮も押し迫ったある朝、件《くだん》の若君は三人の若党を引き連れ、相模湯を訪れた。

若君は躊躇《ちゅうちょ》することなく女湯の戸障子から中に入った。時刻は五つ（午前八時頃）に近かった。不破と緑川は自宅からまっすぐ相模湯に向かった。それは事前に岩瀬や他の臨時廻り同心に知らせている。岩瀬は首尾よくもの事が運ぶことを願い、奉行所で待機しているとのことだった。

若君が有馬侯の子息だとすれば、上屋敷は三田《みた》の赤羽根《あかばね》にあるので、わざわざそこから通って来たことになる。

相模湯の主が二階へ通じる階段を上がって来て、おいでになりました、と緊張した声で知らせると、若者達は、おう、と野太い声を上げて、ばさりと着物を脱ぎ、下帯ひとつとなった。

いや、その彫り物の見事さに不破はしばし見惚《みと》れた。彫り物の絵柄は唐獅子《からじし》、龍《りゅう》、毘沙門天《びしゃもんてん》と様々だった。中には肌の色がひとつも見えないがえん彫りと呼ばれる彫り物をしている者もいた。

「怪我をさせるのはなんねェぞ」

甲子蔵は釘を刺す。

「なあに、おいら達が周りを取り囲めば、怖気《おじけ》をふるい、尻尾を丸めて逃げ出しますって」

中の一人が豪気に応えた。

「おれの言うことが聞けねェ奴は、今後、酒は飲ませねェからな」

甲子蔵がそう言うと、酒屋は他にもあらァな、と憎まれ口を叩く。

「辰《たつ》、このう！」

甲子蔵は声を荒らげる。辰と呼ばれた若者は肩を竦《すく》め、ちろりと赤い舌を出した。利かん気な顔をした十七、八の若者である。

甲子蔵は、さすがにそこでは裸にならず、綿入れの着物のまま、若者達の後から階段を下りて行く。

「甲子蔵、頼んだぞ」

不破はその背中に声を掛けた。

「へい」

甲子蔵は殊勝に応え、にッと笑った。

若君と三人の若党は柘榴口《ざくろぐち》を潜り、湯船に浸《つ》かると、極楽、極楽などと無邪気なことを言い合っていた。そこへ彫り物の若者達が十人も現れたので、さすがにぎょっとした表情になったらしい。

「怖気をふるっているぞ」

緑川は愉快そうに言う。

「どれ」

不破も覗き窓から階下の様子を窺った。彫り物の若者達が湯船に入ると、四人は居心地の悪い表情でじっとしていた。

辰と呼ばれた若者は熱い湯が苦手だったらしく、水を埋めようとすると、すかさず甲子蔵が「あとの客のことを考えろ。水を埋めてぬるくしたら朝湯の価値がねェ」と制した。甲子蔵の背中にも皺で縮んでいるが、滝を昇る鯉の彫り物があった。

若党の一人が慌てて湯船から出た。その拍子に若者達の一人の顔に湯のしぶきが掛かった。

「お豈《あに》ィさん、やけに威勢がいいこって」

渋みを利かせた声で辰は皮肉を言った。

「申し訳ござらん」

若党は殊勝に謝る。他の三人もそそくさと湯船を出ると、洗い場にひと塊《かたまり》となり、小声で何か囁き合っていた。おおかた面倒に巻き込まれてはお家の名に疵《きず》がつくから、早々に退散しようとでも相談したのかも知れない。

だが、辰は、おい、豈ィ、おいらは背中が痒《かゆ》くてならねェのよ、ちょっくら流してくんねェ、と、あろうことか若君と思《おぼ》しき男の傍に行き、見事な彫り物のある背中を向けた。

甲子蔵は何も言わない。眼を瞑《つぶ》って湯船に浸かっているだけだった。そういう段取りでもあったのだろうか。

若君は少し躊躇した様子を見せたが、黙って辰の言う通りにした。

「何んとまあ、力のねェ流し方だ。もうちょっとぐいぐいやってくんねェ」

辰は調子に乗っていた。若君の怒りを堪えている顔が不破には可笑《おか》しくてならなかった。

「ありがとよ、豈ィ。お蔭でさっぱりしたわな。今度ァ、おいらが流してやるべえ」

辰の言葉に若君は、拙者は結構でござる、と慌てて応える。

「なに、遠慮することはねェ。裸になりゃ、殿様も駕籠舁きも一緒よ」

若党達は辰の言葉に、連中が若君の身分を承知の上で無礼な振る舞いをしているのだと悟ったらしい。

「平に平にご容赦を。我らは急ぎますので、これでお暇《いとま》致しまする」

年長らしい若党がそう口を挟み、若君を庇《かば》うように洗い場から出て行った。後には若者達の甲高い笑い声が響いた。

若君と若党達はろくに身体も拭《ふ》かずに着物を纏《まと》い、大急ぎで相模湯を出て行った。

「薬が効いたようだぜ」

不破は覗き窓から眼を離すと、緑川に言った。

「これで酔狂《すいきょう》に女湯に入ろうとはしなくなるだろう。どれ、手間賃を配るか」

緑川はそう言って、懐《ふところ》から紫色の袱紗《ふくさ》を取り出した。中には人数分の祝儀袋が入っていた。他に相模湯の主にも心付けを渡すつもりである。一人一分《いちぶ》（一両の四分の一）として都合三両。結構な掛かりだが、有馬家としては取るに足らない金額なはずだ。

やがて、湯上りの赤い顔をして若者達が二階に上がって来ると、不破は、よくやった、と労をねぎらった。

「なあに、旦那。菜《な》っ葉《ぱ》喰ったようなもんでさァ」

辰は楽勝だったと言いたいらしい。だが甲子蔵は、のぼせたことをしやがる、お前ェ、無礼討《う》ちをされても文句は言えねェんだぞ、と、辰のやり過ぎに苦々しい表情だった。

若君に背中を流させたのは甲子蔵にとって予想外の行動だったらしい。

若者達は喜んで手間賃を受け取ったが、甲子蔵だけは受け取らなかった。不破に返して、お二人でごゆっくり飲んで下せェと言うばかりだった。不破は悪く遠慮せず、その言葉に甘えた。その代わり、正月の酒は千成屋に頼むつもりだった。


奉行所に戻って二人が相模湯での首尾を岩瀬に伝えると、これで若君もおとなしくされるとよろしいのだが、と一抹の不安を残しつつも岩瀬は喜んだ。

「きっと大丈夫でござろう。何しろ有馬様の次期藩主となれば、何かあっては一大事でござるからのう」

不破がそう言うと、岩瀬はきゅっと眉を持ち上げ、ご存じでしたか、と応えた。

「いや、平八郎がそうではなかろうかと察しをつけたのよ。拙者は全く見当がつきませんでした」

「さすがに緑川殿は鋭い。いや、お見それ致しました」

岩瀬は感心して頭を下げる。

「岩瀬殿、若君の振る舞いはご先祖の血らしいですぞ。七代目の藩主は俠客のような御仁だったそうですから」

不破は緑川の受け売りを言う。緑川はその拍子にくすりと苦笑を洩らした。

「は、はあ。そこまでご存じでしたか。有馬様のご家老が心配されるのは、それも一理ございました」

「まあ、これで若君も少し行動を自重されるのではないかと思いまする」

不破は岩瀬を安心させるように言った。

「そうですな。お二人にはお忙しいところお手数をお掛け致しました。ありがとう存じまする」

岩瀬は丁寧に頭を下げると、これからまた有馬家の家老と会う約束でもしているのか、急いだ様子で同心部屋を出て行った。

「一件落着だの」

不破は笑顔で緑川に言った。

「そうだといいが。しかし、この度のようなつまらねェ仕事が振られて来るとは、いかにも臨時廻りだの」

緑川は皮肉な言い方をする。

「よいではないか。定廻りや隠密廻りにはできぬことだ。奴らにはこのようなのどかな仕事を引き受ける暇はない」

「のどかだと？」

「ああ」

栄一郎の名前を付ける時、いなみが遣った言葉が不破の頭に残っていたのだろう。するりとその言葉が出ていた。

「まあ、確かにのどかな仕事ではあった」

緑川は不破の言葉を嚙み締めて肯く。

「どれ、昼からは市中の見廻りをするか」

不破は大きく伸びをして言う。

「その前に腹ごしらえをしよう。おぬし、千成屋の親仁から小遣いをせしめただろうが。蕎麦でも奢《おご》れ」

緑川は当然のように要求した。

「蕎麦でいいのか？」

不破は悪戯《いたずら》っぽい表情で訊く。

「鰻にするか……いや、帰りに『侘助《わびすけ》』で一杯飲むのもいいな」

緑川は嬉しそうに応える。侘助は二人が時々通う小料理屋のことである。

「蕎麦にしよう」

あっさりと応えた不破に緑川は苦笑して鼻を鳴らした。

四

幸い、それ以後、例の若君を八丁堀界隈で見掛けることはなくなった。千成屋甲子蔵の策が功を奏したようだ。有馬家の家老の話でも、近頃の若君は江戸藩邸でおとなしくしているらしい。もっとも、大名家は新年の行事の準備もあるので、若君は呑気に市中を徘徊している暇もなかったのだろうが。

その年の大晦日《おおみそか》はさして大きな事件も起こらず、北町奉行所は穏やかな新年を迎えた。だが、不破は正月の四日に岩瀬の妻女の訃報を聞くこととなった。妻女の清乃の病状が予断を許さない情況だったのは知っていたが、まさかこれほど早く亡くなるとは思いも寄らないことだった。

むろん、不破は岡崎町《おかざきちょう》にある岩瀬家の通夜に出席した。通夜は組屋敷内の自宅で営まれるが、葬式は岩瀬の菩提寺である深川の浄心寺《じょうしんじ》になるという。

大晦日から降った雪は結構なもので、江戸は一面の冬景色だった。それにも拘らず、岩瀬家の通夜には多くの弔問客が訪れていた。

嫁に行っている二人の娘と長男の嫁は清乃の遺骸にとり縋《すが》り、辺りも構わず声を上げて泣いていた。

僧侶が通夜の経を唱《とな》えている間も啜り泣きの声は続いた。僧侶が引き上げると、おおかたの弔問客も帰って行ったが、不破と緑川は通夜振る舞いの酒を飲みながら残っていた。

他の臨時廻り同心も通夜に顔を出していたが、正月のことでもあり、早々に帰って行った。臨時廻りの同僚が誰も残らないのは岩瀬に対してすまないので、不破と緑川は示し合せた訳でもなかったが、すぐに引き上げる気持ちにならなかった。残った弔問客は長男の同僚と親戚縁者ぐらいのものだった。皆、小声で清乃の思い出話を語り合っていた。

岩瀬が銚子を持ってやって来て、不破殿、緑川殿、家内の通夜においでいただき、ありがとう存じまする、と礼を述べた。

その時の岩瀬は存外、落ち着いているように見えた。

「急なことでしたな」

不破は岩瀬の胸中を慮《おもんぱか》る。

「不破殿。したが、家内を褒《ほ》めてやって下され。大晦日や元旦で皆が忙しくしている日を外して家内はあの世へ旅立ったのですから。二日の夜に容態が急変し、三日の午後になって身まかりました。家内は他に迷惑を掛けてはならじと、三が日まで踏ん張ったのでござる」

岩瀬はやや昂《たか》ぶった口調で言った。

「あっぱれな奥様でござる」

緑川は感心した表情で清乃を褒めた。不破も大きく肯く。

「家内は貧乏同心の妻として、よくがんばったと思いまする。何も彼《か》も、家内が一人で家の中のことを束ねて参りました。わが家には父の代からの借財もかなりあったのですが、家内は少しずつ返済したのでござる。そればかりでなく、倅が初出仕する時も娘達の嫁入りの仕度も滞《とどこお》りなく行ないました。家内がいなかったら、この岩瀬家はどうなったかわかりませせぬ」

岩瀬が清乃を頼っていた様子が察せられる。

不破と緑川は肯きながら岩瀬の話を聞いた。

「武道を志していたおなごは心構えも違うものだと今さらながら思いまする」

話がややのろけに感じられた時、緑川は戸惑ったように眼をしばたたいた。不破はそんな緑川をちらりと見たが、もちろん何も言わなかった。通夜の席で女房ののろけを語ったところで誰も嗤《わら》う者などいない。いや、今こそ存分に胸の内を吐き出したらいいと思っていた。岩瀬は調子に乗った訳でもなかっただろうが、亡き妻の話を滔々《とうとう》と続けた。

「今でも輿入れした時のあれの姿が忘れられませぬ。きれいな身体をしておりましたぞ。何しろ薙刀の修業をして来たおなごですからの。抱き締めると、柔らかさと同時にしっかりした手ごたえを感じました。足首はきゅっと締まり、それがしは、ずっと撫《な》でていたいほどでした」

緑川はさすがに「え？」と声を上げた。不破はその拍子に緑川の脇腹を肘《ひじ》で突いた。通夜の席で夫婦の閨《ねや》の話を聞かされるとは思ってもいなかった。岩瀬は落ち着いているように見えたが、やはり清乃の死に衝撃を受け、あらぬことを口走っていたのだ。

「我ら夫婦には夢がござった」

岩瀬は不破と緑川の湯呑に酒を注《つ》ぎながら、しみじみとした口調で続けた。

「どんな夢でござるか」

不破はそんな岩瀬に訊く。

「倅に家督を譲ったあかつきに、あれは薙刀の道場を開きたいと申しておりました。母親の道場は様々な事情で人手に渡ってしまいましたゆえ」

「なるほど」

「そのためにひそかに蓄財もしておりました。家内はさぞかし無念だったろうと思っておりまする。容態が急変しても、意識は最後までしっかりしておりました。家内はそれがしに懇々と諭《さと》したのでござる。自分がいなくなった後は何事もお前様がしっかり家の中を束ねろと。不破殿にお孫さんが誕生したので、葬儀が済んだら、あちらに出向いて祝いを届けろとも言い添えました」

「そのようなこと、お気遣いなく」

　不破は早口で制した。

「いやいや、家の中のことはすべて家内に任せておりましたので、それがしもうっかり忘れておった次第。まことに申し訳ござらん」

　非礼を詫びる岩瀬が不破には気の毒でならなかった。

「このようなことになるのなら、道場のことはともかく、お伊勢参りにでも連れて行くべきだったと悔《く》やんでおりまする。町方同心という仕事柄、お伊勢参りどころか花見にも紅葉狩りにも一緒に行ったことはござらん。男はお務め第一というものの、それは支えてくれる妻がいてこそでござる。一番世話になっていた妻に、ろくに楽しい思いもさせず、うまい物も喰わせず、寂しく死なせてしまい申した」

　ついに岩瀬は男泣きした。不破は岩瀬の肩を優しく叩き、奥様は決して寂しい思いいなどしていなかったと存じまする、と言った。

「本当ですか、不破殿」

岩瀬は水洟《みずばな》が垂れるのも構わず、縋るように不破を見た。

「惚れて迎えた奥様でござろう。奥様には岩瀬殿のお気持ちが十分伝わっていたと思いまする」

「さよう。婚姻は家同士で決められるのが多いのに、岩瀬殿と奥様だけはご自分達の気持ちを貫かれた。岩瀬殿、おぬしは果報者でござるぞ」

緑川も不破の言葉に同調した言い方で岩瀬を慰めた。岩瀬は、うんうんと肯いた。

「お忙しいとは存じまするが、明日の葬儀にもご出席願えませぬか」

岩瀬は洟を啜ると、心細い表情で訊いた。

「むろん」

不破と緑川の声が重なった。岩瀬は安心したように頭を下げ、ごゆるりと、と言い添えて親戚連中の所へ向かった。

「やり切れんな」

不破はため息をついて言う。

「おれもうちの奴が死んだら、岩瀬殿のように訳のわからぬことを口走るのかの」

緑川は心配そうに応える。

「おぬしは大丈夫だろう。おれはどうなるか自信がないが」

「いなみ、いなみと、気が触れたように近所をよろよろと徘徊するかも知れん」

「よせ！」

不破は、じろりと緑川を睨んだ。緑川は小さく笑った。

「友之進、いずれ隠居したら、女房を連れて一緒にお伊勢参りへ繰り出すか」

緑川は真顔になって、そんなことを言う。

「そんな金はない」

「これから伊勢講で貯めるのよ」

「間に合うだろうか」

「間に合うさ。一世一代の女房孝行だ」

「いいだろう」

不破は肯いたが、果たしてそれが叶うか叶わないかはわからない。岩瀬が清乃をお伊勢参りに連れて行けばよかったと悔やんでいるのを見て、ならば自分もそうしておいたほうがいいかも知れぬと、ぼんやり思っただけだ。

だが、岩瀬の家を出て、亀島町の自宅へ戻り、出迎えたいなみの顔を見た途端、不破は是非にもお伊勢参りを実行したい気持ちになっていた。

「いなみ、龍之進に家督を譲ったら、おれはお伊勢参りに行くつもりだが、お前もどうだ？」

清めの塩を振っていたいなみの手が止まり、やぶから棒に何んでしょう、と訊く。

「平八郎も女房を連れて一緒に行くつもりだ」

「お通夜の席でそんな相談をされたのですか」

いなみは呆れた表情だ。

「岩瀬殿は奥様をお伊勢参りに連れて行きたかったらしい。だが、何事も命あっての物《もの》種《だね》だしな。大層悔やんでおられた」

「それであなたが代わりに岩瀬様ご夫婦の夢を叶える気持ちになったのですか」

「夢だと？」

「ええ。お伊勢参りとひと口に申しても、なかなかできることではありませんから」

「だから夢だと言うのか？」

「ええ」

「夢ではない。行くぞ、おれは」

「あなたがそうおっしゃるならお伴致します。そうですね、その時はよし乃《の》さんご夫婦もお誘いしましょう。できればおたつも連れて行きたい。伊三次さんとお文さんも一緒だと、なお嬉しい」

いなみの眼が次第に輝いて来た。よし乃は不破の妹のことだった。

「よし、皆でわいわい出かけるのだ。きっと楽しいぞ」

「そうですね。これからお金を貯めて準備致しましょう。ああ、楽しみ」

いなみは胸に掌《て》を当てて、本当に嬉しそうな表情だった。

夢とは何んだろう。その夜、床《とこ》に就いた不破は夢について、あれこれ考えを巡らせた。お伊勢参りは庶民のささやかな夢だが、それぐらい叶えても罰は当たるまい。いなみの喜ぶ顔を見るのは不破の喜びでもある。

それと同時に岩瀬の言葉が甦《よみがえ》った。岩瀬は清乃がきれいな身体をしていたと言っていた。

そんなことを覚えている岩瀬が不思議だった。孫が生まれた今、古女房の若い頃の身体がどうだったかなど、不破は覚えていない。

覚えているのは、いなみが所々で自分に見せた表情だけだ。十代のいなみが父親の開いていた道場で、女だてらに竹刀《しない》を振るう姿は、岩瀬ではないがほれぼれしたものだ。通りで出くわしても、いなみはまっすぐに前を見つめ、不破のからかいの言葉などには頓着しなかった。いなみは自分が将来の夫になるなど微塵も考えていなかったに違いない。

だが自分は心の底でいなみを妻に迎えたいとひそかに思っていたのだろう。だからこそ、いなみが吉原の小見世《こみせ》にいると知らされると、後先も考えず駆けつけたのだ。若かった。そして青かった。胸をくすぐられるような思い出に、不破は苦笑を洩らす。

いなみは規則正しい寝息を立てて横で眠っていた。乱れた姿は一度も自分に見せたことがない。亡き父親が生前、いなみのことを肝っ玉の据《す》わったおなごだと洩らしたことがあった。その通りだった。いなみを妻に迎えた自分は果報者であるのかも知れない。そんなことは間違っても口にしないだろうが。

いつか旅仕度を調《ととの》えたいなみと自分が伊勢を目指して歩く姿が脳裏に浮かぶ。吹く風は快く、鳥の囀《さえず》りも耳に響く。額《ひたい》に汗を浮かべながら一歩一歩進んで行くのだ。

共に見る夢ができたことを不破はしみじみ嬉しく思う。いや、その前にいなみに言っておかなければならないことがあった。

自分より先に逝《い》くな、と。よしんば不幸にもいなみに先立たれた時は、半年経ったら迎えに来いと約束させよう。

不破は闇の中でかッと眼を開き、そんなことを思ったのである。

庭の松の樹に降り積もった雪が、どさりと落ちる音が聞こえた。いなみは短い吐息をついて寝返りを打った。

参考書：『サムライとヤクザ』氏家幹人著（ちくま文庫）

指のささくれ

一

正月から江戸は雪の降る日が続き、寒さも衰えなかった。それは二月の声を聞いても同じで、亀戸《かめいど》や湯島天神《ゆしまてんじん》などの梅の名所では梅の蕾が膨《ふく》らみ、ひとつふたつ花がついた途端、思わぬ雪に見舞われることとなった。

枝に雪を積もらせた梅の樹は、それはそれで風情もありそうだが、寒さが災いして、いつもは梅見の客で混雑する名所も、今年は閑散としているという。

北町奉行所定廻り同心不破龍之進の妻のきいは、前年の霜月に生まれた息子をたまに外に連れ出して日光浴をさせたいと思っていたが、この寒さではそれも適《かな》わなかった。

息子の栄一郎は首も据わり、表情も日に日に豊かになっている。栄一郎は色白の子供だった。それは父親の体質を受け継いでいるようだ。龍之進は務め柄、市中を歩き廻るので顔は陽灼けしているが、身体は存外白かった。

ようやく春らしい気候となったのは、二月も半ばを過ぎた頃だった。

「本日はよい天気になりそうですね。悪い天気が続くと、気持ちまで暗くなりやすよ」

出入りの髪結い職人の伊三次が臨時廻り同心の不破友之進の頭を撫でつけながら言った。

「全くだ」

不破は気のない相槌《あいづち》を打つ。傍で伊三次の弟子の九兵衛《くへえ》も龍之進の頭を結うことに余念がない。町奉行所の同心は毎朝、髪結い職人に髪を結わせるのが日課となっている。

不破家の女達は朝めしの仕度が忙しいので、その間、栄一郎は龍之進の傍でいづめ(保温のためにめし櫃《びつ》を入れる藁《わら》で編んだもの)に入れられていた。栄一郎がぐずると、龍之進は、どうした、どうした、と言葉を掛けて宥《なだ》めていた。いづめはきいの伯父で鳶《と》職《び》をしている兼吉《かねきち》がどこからか持って来たものである。大層、重宝している。今の栄一郎には少し大きいので小座蒲団を中に入れていた。

伊三次も仕事の合間に栄一郎におどけた表情を拵えてあやしていた。龍之進に子供が生まれたことには伊三次も感慨深いものがあった。前髪頭《まえがみあたま》だった龍之進を伊三次は今でもはっきりと思い出せる。その龍之進が父親になったのだ。こちらが年を取るのも道理だ。伊三次は不惑《ふわく》を迎えて久しい。

「堀江町《ほりえちょう》の行方知れずとなっている餓鬼《がき》はまだ見つからぬか」

不破はふと思い出したように龍之進へ訊いた。

「はい、まだです。子供の母親と一緒に住んでいた男の行方もわかりません。その男が何か知っていると思いますので、足取りを探っているところです」

「無事でいればよいのだが」

不破は苦い表情になった。堀江町の次兵衛店《じへえだな》と呼ばれる裏店《うらだな》に三十一、二の女が住んでいた。女はおせきという名で、大工をしていた亭主を三年ほど前に普請現場《ふしんげんば》の事故で亡くしている。それからおせきは、夜は居酒見世《いざかみせ》に勤めながら七歳の息子と四歳の娘を育てていた。おせきの住まいに富助《とみすけ》という二十歳前後の男が転がり込み、一緒に暮らすようになったのは今から半年前のことである。富助は仕事をしている様子がなく、おせきが居酒見世に行っている間は子供達の面倒を見ていた。

若い富助にとって、子供の世話は手に余り、怒鳴ったり、引っ叩いたりしていたこともあったらしい。近所の人間は子供が泣き叫ぶ声を度々聞いていた。

一月のある夜、おせきが居酒見世に行っている間も近所の人間は娘のおまちが泣き叫ぶ声を聞いている。だが、様子を見に行くのは控えたという。以前に富助から、人んちのことに口出ししねェで貰いてェ、と文句を言われたせいもあったからだ。その内に泣き声も収まるだろうと、耳障りだったが、じっと堪えていたらしい。

だが、その翌日から次兵衛店の店子《たなこ》達はおまちの姿を見ていない。これは何かおかしいと、次兵衛店の差配《さはい》（大家）が近くの自身番に届けたのは、それから十日も経ってからだった。その時には富助の姿も消えていた。

自身番に詰めていた岡っ引きがおせきに事情を訊くと、富助の親戚におまちを預けたと応えたらしいが、その親戚がどこの誰かは、はっきりとわからなかった。おせきは、どこか頭の捩子《ねじ》が弛《ゆる》んでいるような女で、さっぱり要領を得なかったという。

「二人はおせきの勤める居酒見世で知り合ったんだろう。亭主のいない寂しさから、おせきは若い富助に縋りつき、富助は富助でおせきの色香に溺《おぼ》れたって寸法か。よくある話だが、そこに餓鬼がいたために厄介なことになったようだ。最初は可愛いと思っていても、言うことを聞かねぇとなれば小面《こづら》憎いと思うこともあるさ。所詮、手前《てめ》ェの餓鬼じゃねぇからな」

不破は訳知り顔で続ける。

「でも、松助《まつすけ》さんは佐登里《さとり》のことを実の子供のように可愛がっておりやすよ」

九兵衛はそっと口を挟んだ。松助は以前、不破家の中間をしていた男で、今は本八丁堀町《ほんはつちょうぼりちょう》界隈の岡っ引きをしている。伊三次の家の女中と一緒になり、佐登里という養子を迎えて暮らしていた。

「年が違わァ、年が。四十を過ぎて酸《す》いも甘いも知っている松助と一緒にしたって始まらねぇ」

不破はにべもなく言う。それもそうですが、と九兵衛はもごもごと応える。

「お前ェの惚れたおなごに頑是《がんぜ》ない餓鬼がいて、その餓鬼の世話をしなけりゃならねェとしたら、どうするよ」

不破は試すように訊く。

「やですね」

九兵衛はその時だけきっぱりと言った。

「だろ？　引っ叩いて言うことを聞かせるのが日常茶飯事となり、つい度が過ぎておおごとになっちまうことだってある。娘は富助に殴られ、打ち所が悪くて死んだとも考えられる。遺骸の始末に困り、川に放るか、どこぞの土の下に埋めたやも知れぬ。龍之進、抜かるな」

不破は厳しい声で龍之進に命じた。

「富助をしょっ引《ぴ》けば、いずれ真相もわかるはずです。今しばらくお待ち下さい」

龍之進は落ち着いた様子で応える。すでに何んらかの手懸《てが》かりを摑んでいるのかも知れないと、伊三次は内心で思っていた。

「ところで、九兵衛。『魚佐《うおさ》』の娘とはどうなっているのよ。そろそろ祝言の話でも出ているのか」

不破は話題を変え、前々から気になっていた様子で訊いた。九兵衛は新場《しんば》の魚佐という魚問屋《うおといや》の娘から思いを寄せられていた。魚佐の主は九兵衛にその気があるのなら髪結《かみゆい》床《どこ》でも何んでも用意すると豪気なことを言っているらしい。

だが九兵衛自身は未《いま》だに決心がつかなかった。金の苦労を知らない娘を自分の女房にしてよいものだろうかと悩んでいた。また、九兵衛の父親が魚佐に奉公しているので、その話を蹴れば、父親の立場も難しくなると心配していた。

「勘弁して下さいよ、旦那。そいつは今する話じゃねェでしょうが」

九兵衛は慌てて話を躱《かわ》そうとしたが不破は引き下がらない。

「お前ェはもう女房を持ってもおかしくねェ年だ。さっさと身を固めておれ達を安心させろ。なあに魚佐が後ろ盾《だて》なら心配することは何もありゃしねェ」

「そう簡単には行かねェんですよ」

仕舞いに九兵衛はぷんと膨れた。

「旦那。九兵衛は九兵衛なりにこれからのことを考えておりやす。今はそっとしておいて下せェ」

伊三次が助け船を出したので、ようやく不破は黙った。

「九兵衛はしっかりしているから大丈夫だ」

龍之進は頭ができ上がると、そんなことを言って腰を上げた。その拍子に栄一郎が泣きべそをかいた。

「おおい、きい。泣いてるぞ」

龍之進は茶の間に向かって声を張り上げた。

「ちょっとぐらい抱いてやれ」

不破は不満そうに言う。

「富助の行方を捜さなければならないので、忙しいのですよ。伊三次さん、それらしい娘を見掛けなかったかどうか、聞き込みをお願いします」

「承知致しやした」

伊三次は不破の髷の刷毛先《はけさき》を切りながら殊勝に応えた。


髪結いご用を終え、亀島町の組屋敷を出ると、伊三次は、正直なところ、おてんちゃんとはどうなのよ、と九兵衛に訊いた。おてんは魚佐の娘の名前である。

「また、その話ですかい。親方は不破の旦那にそっとしておいて下せェと言ったばかりじゃねェですか。蒸し返さねェで下せェよ」

九兵衛はうんざりした表情で応えた。

「しかし、おてんちゃんはお前ェと所帯《じ》を持つ話を今か今かと待っているんじゃねェのけェ。その気がねェのなら、あんまり焦らすのもどうかと思うのよ。まだ迷っているのけェ？」

「………」

「魚佐の娘じゃ荷が重いのはわかるが、お前ェにとっちゃ悪い話じゃねェ。そこんところ、ようく考えな。おてんちゃんと一緒になりゃ、この先、貧乏に喘《あえ》ぐこともねェはずだ」

「貧乏はいけやせんかい」

九兵衛は反抗的な眼で言葉を返した。

「いけなくはねェが、世の中の人間は少しでもいい暮らしをしてェとあくせく稼《かせ》いでいるのよ。それでもなかなか貧乏から抜け出せねェ。おれは、できればお前ェにそんな苦労を味わわせたくねェのよ」

伊三次は以前にも言ったことを繰り返した。

「だからおてんちゃんと一緒になれと？」

「どうでも気が進まねェのなら、無理には勧めねェよ。だが、このままずるずるとつき合いを続けるのはよくねェ。どっちかはっきりさせろ。おてんちゃんの身にもなってみろ。幾ら男勝《おとこまさ》りでも、所詮、おなごだ」

「親方はお内儀《かみ》さんと一緒になる時、迷いはなかったんですかい？」

伊三次の説教を封じるかのように九兵衛は訊いた。

「え？」

「廻《まわ》りの髪結いと深川芸者じゃ、釣り合わねェ縁だと思いやすがね」

ずばりと言われて、伊三次はつかの間、言葉に窮した。

「すんません。生意気言って」

九兵衛は言葉が過ぎたと思ったのか、すぐに謝った。

「いや、その通りだから何も言えねェよ」

「どこで決心を固めたんで？」

「どこって、そのう……色々、なりゆきでこうなったのよ」

「なりゆきに任せればいいんですかい」

「いや、お前ェの場合はそうも言えねェな」

「どうしろと」

仕舞いに九兵衛は怒気《どき》を孕《はら》んだ声になる。

「おきゃあがれ！　手前ェの問題だろうが。手前ェで決めろや」

伊三次も釣られて怒鳴り声になった。通りを行く人々が何事かと二人を見る。

「おいら、手前ェの身《み》の丈《たけ》に合った娘と一緒になりてェんですよ」

しばらくして、九兵衛はぽつりと言った。

「いるのか、そんな娘が」

そう訊くと、九兵衛は洟を啜るような短い息をついだ。

「どこの娘だ」

そう訊いた伊三次に九兵衛は俯《うつむ》いた。

伊三次に心当たりはなかったが、目当ての娘がいることに間違いないようだ。

「岩さんは知っているのか？」

伊三次は九兵衛の父親の岩次《いわじ》の名前を出した。へい、と力なく九兵衛は応える。

「それで岩さんは何んと言っている」

「いざとなったら、魚佐を辞める覚悟だから、心配するなと言いやした」

「そうか……」

「辞めても、魚河岸の見世につてがあるそうです」

「なるほど。そいじゃ、問題はおてんちゃんをどう納得させるかだな」

「さいです。それに、おさくちゃんには、まだ一緒になってくれとは言ってねェんですよ。順序が違いやすから」

「おさくちゃん？」

どこかで聞いたような名前だったが、伊三次は、すぐには思い出せなかった。

「そのおさくちゃんに断られたら、お前ェの立つ瀬も浮かぶ瀬もねェじゃねェか」

おさくの素性は後回しにして伊三次は続けた。

「だから迷っているんですすよ」

「そういうことか」

伊三次はようやく得心が行って、大きく肯いた。

「おてんちゃんには別の縁談もあるんですよ。魚佐の旦那は色よい返事をしねェおいらにいらいらして、そっちの話を進めてェような口ぶりだそうです。だけどおてんちゃんは……」

「お前ェに未練がある」

「……………」

「うまく収める方法はねェものかな」

「ありやせん」

力なく応えた九兵衛が気の毒だった。

「もうしばらく様子をみるか。ここは焦《あせ》っても仕方がねェしよ。いざとなったら、うちの奴に話をつけて貰う手もある」

「親方じゃなくて？」

九兵衛はその時だけ悪戯っぽい表情になって伊三次に訊いた。

「おれはそういうのは苦手だ。うちの奴なら、おてんちゃんを納得させることもできるはずだ」

そう言うと、九兵衛は小さく苦笑した。伊三次らしいと思ったのだろう。

「だけど、お内儀さんに助っ人を頼むのもどうかと思いやす。おいら、手前ェで何んとかしますよ」

九兵衛は真顔になって、きっぱりと言った。

「そうか。無理するなよ」

伊三次は九兵衛の肩を軽く叩いた。そのまま伊三次は深川の得意先に向かい、九兵衛は京橋《きょうばし》の炭町《すみちょう》の「梅床《うめどこ》」へ、いつものように向かった。梅床は伊三次の姉の連れ合いが営んでいる髪結床で、九兵衛が日中、そこを手伝うようになって久しい。今では九兵衛のことを梅床の職人と思っている客も少なくなかった。伊三次は早く梅床から手を引いて、九兵衛と一緒に廻りの仕事に専念したいのだが、現実は思い通りに行かなかった。

二

九兵衛の言ったおさくという名前に心当たりがついたのは、深川の「魚干《うおかん》」という干《ほし》鰯《か》問屋《といや》で主と一番番頭の頭を結い終えた後のことだった。

次の得意先へ廻るために勝手口で履き物に足を通した時、魚干の古参の女中が十七、八の女中に「おさくちゃん、水瓶《みずがめ》に水を足しておくれな」と声を掛けたのだ。

臙脂《えんじ》と黒の木綿《もめん》縞《じま》の着物に前垂れをつけ、袖を茜襷《あかねだすき》で括《くく》った娘が、はあい、ただ今、と明るく応えた。九兵衛の目当ての相手とはこの娘だろうか。とすれば、九兵衛は伊三次の代わりに廻りの仕事に出た時、おさくと顔見知りになったのだろう。伊三次は思わず、その娘をじっと見た。おさくは伊三次の視線に気づくと、とまどったような表情を見せた。確か一年ほど前から魚干に奉公している女中だった。昔、お文の家にいた女中のおみつと、どことなく雰囲気が似ている娘だった。細身で格別の器量よしではないが、笑うと右の頬にえくぼができる。それがおさくの顔に愛嬌を添えていた。

おさくは水桶を持って外に出ると、井戸の釣瓶《つるべ》を落とし始めた。

「おさくちゃん……」

伊三次は勝手口から外に出ると、おさくの背中にそっと声を掛けた。

振り向いたおさくは、お仕事、ご苦労様でした、と伊三次の労をねぎらい、小さく頭を下げた。

「おさくちゃんは九兵衛という髪結い職人を知っているかい？」

伊三次は試しに訊いてみた。

「九兵衛さん？」

おさくは手を止めて訊き返した。

「おれの代わりに何度かこの見世にも来ているはずだが」

そう言うと、ああ、思い出しました、伊三次さんのお弟子さんのことですね、と笑顔で応える。おさくにとって九兵衛の印象は、それほど強いものではないらしい。九兵衛が岡惚れしているだけに過ぎないような気もした。

「奴はおさくちゃんに何か話をしていなかったかい？」

伊三次は直截《ちょくさい》な言葉を避けて、何気ないふうを装って訊いた。

「いいえ、特には。でも、きょうだいはいるのかと訊かれたことがあります。あたしは姉が一人いると応えました。九兵衛さんは一人っ子みたいで、姉ちゃんがいるのはいいな、って言ってました」

「それだけかい？」

「てて親は何をしているのかとも訊かれましたけど、うちのお父っつぁん、あたしが子供の頃に病《やまい》で死んじまっているので、今はおっ母さんと二人暮らしだと言いましたよ」

「姉ちゃんは嫁に行っているんだな」

「ええ。あたしより五つも上ですから、とっくにお嫁に行き、子供も三人いますよ」

「おさくちゃんも、そろそろ嫁に行く年頃だな」

「だめだめ。あたしみたいなおたふくは誰も貰ってくれるものですか」

おさくは顔の前で右手を振って言う。伊三次は話の接《つ》ぎ穂《ほ》に困り、短い吐息をついた。おさくは九兵衛の思いに気づいていない。二人は何も始まっていないのだ。それなのに九兵衛は父親の仕事を辞めさせてまでおてんとのことにけりをつけようとしている。

無謀な話に思えて仕方がなかった。台所から古参の女中の急《せ》かす声が聞こえると、伊三次は手間を取らせたな、と低く言って、その場を離れようとした。

「伊三次さん、どうして九兵衛さんのことをあたしに訊くんですか」

おさくは少し気になった様子で言った。

「いや、大した訳はねェ。まあ、九兵衛は嫁を持つならおさくちゃんのような娘がいいと思っているようだが」

「うそ！」

おさくは驚いた声を上げた。思ってもいなかったらしい。伊三次は苦笑して鼻を鳴らした。

「ささ、早く水汲みを済ませな。叱られるぜ」

「え、ええ……」

おさくは肯いて水汲みを続けたが、動揺しているようでもあった。おさくの胸に火を点《つ》けてしまっただろうかと、伊三次は帰り道、ひどく後悔していた。

色恋に悩む者を周りの人間は冗談交じりにからかったりするが、当人にすれば、もちろん、笑い事ではない。若い頃は相手の出方にいちいち胸を痛めるものだ。そういう悩みから解放されるのは人並に所帯を持ち、子供も生まれ、お互い年を取ってからのことだ。

九兵衛の悩みも当分は続く。いや、九兵衛の場合は、つき合っていた娘と手を切ろうとしているのだから厄介だ。おてんが魚佐の娘でなかったらよかったのだろうか。わからない。伊三次は春めいて来た深川の通りを歩きながら、あれこれ思いを巡らせていた。

その日の夕方、九兵衛は梅床の仕事を終え、一旦は住まいのある岡崎町の裏店に戻ったが、ふと、おてんと会おうという気になった。その時は、すぐにけりをつけるつもりはなかったが、おてんを女房にすることから気持ちが離れている以上、いずれははっきりとさせなければならないと考えていた。それとなくおてんに察しをつけて貰いたかった。

母親のお梶《かじ》は、もうすぐごはんができるのに、と不満そうだった。

「すぐに帰《け》ェるよ」

九兵衛はお梶を安心させるように言って裏店の住まいを出た。

新場の魚佐に着くと、夕市も終わり、奉公人達は後始末をしているところだった。その中には父親の岩次もいて、空《あ》いた魚箱を片づけていた。仕事に夢中で九兵衛に気づいた様子もない。九兵衛も敢えて言葉を掛けなかった。近頃の岩次は膝《ひざ》が痛いの、腰がだるいのと愚痴が増えた。月代《さかやき》の辺りも薄くなっている。ずい分、年を取った。その父親を他の見世に鞍替《くらが》えさせることには胸が痛む。自分は親不孝な息子だと、九兵衛はつくづく思う。このまま流れに任せたほうがいいのではないかと、そこへ来てまでも迷いが拭《ぬぐ》い切れなかった。

九兵衛は幼なじみの浜次《はまじ》と眼が合うと、そっと顎をしゃくった。浜次は子供の頃から魚佐に奉公している。浜次は心得顔で肯き、おてんを呼びに行った。間もなく、やはり幼なじみの伝五郎《でんごろう》と一緒におてんが出てきた。伝五郎も魚佐の奉公人である。

おてんは渋い縞物《しまもの》の着物に魚佐の半纏《はんてん》を羽織った恰好だった。

「ずい分、ご無沙汰だったこと。あたいのことなんざ忘れちまったのかと思っていたよ」

おてんは皮肉な言い方をした。

「すまねェ。色々、仕事が立て込んでいたもんで」

九兵衛は言い訳がましく応える。

「お嬢さん、『ぼたん』で一杯やりますかい」

浜次は気を利かせて口を挟んだ。ぼたんは何度か行ったことのある青物町《あおものちょう》の居酒見世のことだった。九兵衛はおてんと二人きりで会ったことがない。いつも、この浜次と伝五郎が金魚のふんのようにくっついていた。幾ら男勝りでもおてんは嫁入り前の娘だ。しかも、魚佐の娘となれば、おてんの両親も何かと気を遣った。

「そうだねえ。九兵衛さんもそれでいいかえ？」

九兵衛は小さく肯く。ぼたんの掛かりは後で魚佐に請求が来る。おてんは近所の見世なら財布なしでふらりと入ることができた。

浜次と伝五郎は久しぶりに懐を気にせず飲めるのでご機嫌だった。反対に九兵衛の気持ちは重く沈むばかりだった。

ぼたんは間口二間（約三・六メートル）の狭い見世だが、奥に小上がりを設《しつら》えている。四人はいつもそこに座る。板場の主もおかみも満面の笑みでおてんを迎えた。

「まずはお酒だね。それから皆んなは好きなものをお取りよ」

太っ腹なおてんの勧めに浜次と伝五郎は刺身だの、焼き魚だの、青柳《あおやぎ》の酢の物だのを注文した。胸がつかえている九兵衛は冷奴を肴《さかな》にした。

「九兵衛、こんな所で言う話でもねェが、お嬢さんは魚河岸の若旦那から縁談が舞い込んでいるのよ」

浜次は九兵衛の猪口《ちょこ》に酌《しゃく》をしながら言った。

九兵衛の反応を見ている感じだった。浜次は小柄な男だが弁が立つ。反対に伝五郎は浜次より首ひとつも大きい。時々、とぼけたことを言って九兵衛を笑わせる男だった。

「魚河岸の何んという見世よ」

九兵衛がおざなりに訊くと、そんなこと、いいじゃないか、とおてんは制した。

「よくねェですよ。九兵衛がぐずぐずしている間にお嬢さんは年増になっちまう。旦那やお内儀さんはやきもきしているんですから」

浜次はおてんの両親の気持ちを慮って応える。

「だからって九兵衛さんの都合もある。急かしたって始まらない」

おてんはそう言って猪口の酒をひと息で喉に入れた。

「九兵衛、何を迷っているのよ。魚佐が後ろ盾なら金の心配はいらねェだろうが」

伝五郎は不思議そうに訊く。

「魚佐に何も彼《か》もおんぶに抱っこじゃ、おいらの男が立たねェわ」

そう言うと、浜次と伝五郎は顔を見合わせた。

「今から男が立たねェのは困るな」

伝五郎は冗談交じりに言う。浜次は伝五郎の頭を軽く張って、意味が違うだろうがと窘《たしな》めた。

「そいじゃ、祝言も何もしない。あたいは身ひとつで九兵衛さんのかみさんになる。それでいいかえ？」

おてんは試すように訊いた。そういう問題じゃない、と九兵衛は内心で思ったが口にはできなかった。黙って猪口を口に運ぶばかりだった。

「あたいが他の縁談を承知しても九兵衛さんは平気なのかえ」

「おてんちゃんがその気になったのなら、おいらは何も言えねェよ。いい所のお嬢さんは、いい所へ嫁入りするのが倖せだ」

九兵衛はようやく言った。

「九兵衛、そいつはお嬢さんの気持ちを考えねェ言い方だ。お嬢さんはな、貧乏を承知でお前ェと一緒になる覚悟なんだぞ」

浜次はすぐに反論に出た。

「わかっている。だが、おいらはやっぱり魚佐の看板が重いのよ。おてんちゃん、お前ェが本当に貧乏を覚悟しているなら、こんな見世で勘定も気にせず飲み喰いはできねェんだぜ」

「まだ所帯も持っていないのに、そんなことで文句を言われる筋合《すじあ》いはないよ。決まってから言っとくれ」

おてんはさらりと躱した。

「いいや、おいらは無理だと思う。晦日《みそか》の支払いに往生すれば、おてんちゃんはきっと魚佐を頼る。おいらの稼ぎが少ねェからと言い訳してよ。おいらは魚佐の旦那とお内儀さんにとって甲斐性なしの亭主になるんだ。今からそんな手前ェの姿が見えらァ」

ひと息に喋った九兵衛におてんは醒《さ》めた眼を向け、そうかえ、九兵衛さんは最初《はな》っから、そういうつもりだったのかえ、と言った。

「最初っからじゃねェ。おいらなりにこれからのことを考えていたのよ。おてんちゃんを不倖せにしたくなかったからよ」

「そいつは方便だよ、九兵衛さん。あんたは結局、あたいを嫁にする気なんざなかったってことさ。そうだろ？　幾らあたいがその気でも肝腎のあんたが本気になれない。きっと、あたいじゃ駄目なんだろう。ようくわかったよ」

おてんはそう言って、立ち上がった。お嬢さん、まだ話の途中だ、と浜次が慌てて引き留《と》める。

「もう終わったよ。あたいは『魚新《うおしん》』の話を受けることにするよ。つれない相手に縋りついたって、手前ェが惨《みじ》めになるばかりだ。だが九兵衛さん、二度と魚佐には顔を出さないどくれ！」

おてんは言い放つと、さっさと見世を出て行った。残った三人は同時にため息をついた。

魚新は魚河岸の見世で大名や旗本とも取り引きがある大店《おおだな》だった。そういう見世から縁談が舞い込むのだから、魚佐の身代の大きさを改めて九兵衛は感じた。

「ばかだなあ、九兵衛は。おてんちゃんと一緒になれば金の心配をしなくてよかったのによう」

伝五郎はぼやいた。

「しかし、こうなったら仕方がねェよ。九兵衛は餓鬼の頃から心持ちが変わっていねェ。そうだよな、嫁の実家にへいこらして金を引っ張るのは九兵衛にすりゃ、たまらねェ話だし」

浜次は得心の行った顔で肯く。

「だけど、金に詰まって借金するより何んぼかましだと思うけどな」

伝五郎は不満そうに言う。

「けりはついたんだ、伝五郎。もう四の五の言うな」

九兵衛はそう言って、残った酒を飲んだ。

けりはついたが、九兵衛の気持ちは正直、すっきりしなかった。おてんにとんでもない意地悪をしたようで気が滅入った。男勝りなおてんだが、近頃は女らしい色香も備わった気がする。一人になったおてんは泣くだろうか。泣いたおてんの顔など、ついぞ見たことはなかったのだが。

三

九兵衛の決心を伊三次は知る由もなかった。

しかし、それから間もなく、いつも通り不破家の髪結いご用を終えてから、九兵衛の行方がわからなくなってしまった。

その日、伊三次は不破家を出てから日本橋周辺の得意先を廻り、昼前に梅床へ戻った。すると、梅床の髪結い職人の利助《りすけ》が、九兵衛が来ていないと文句を言った。いつもなら九兵衛は夕方まで梅床を手伝っている。朝方はさほど変わった様子もなかったので、急用でもできたのだろうと思ったが、それならそれで、ひと言ぐらい断りを入れてもよさそうなものだと伊三次は腹を立てていた。

午後は他の得意先をやり過ごして、伊三次は九兵衛の代わりに梅床の客を捌《さば》いた。しかし、夕方になっても九兵衛は姿を現さなかった。帰りに九兵衛と両親が住む裏店に寄ってみたが、お梶はまだ戻っておりません、とすまなそうな顔で応えるばかりだった。

翌朝、不破家に行く前にもう一度、九兵衛の裏店に寄ってみたが、昨夜はとうとう戻って来なかったという。岩次もお梶も大層心配していた。仕方がないので、伊三次は一人で不破家に行き、不破と龍之進の頭を纏めた。

九兵衛はどうしたと訊く不破に、へい、ちょいとこのう、野暮用がありやして、とお茶を濁しておいた。

九兵衛が無断で仕事を休むことなど今までなかったので、いざこざに巻き込まれ、人目につかない場所に転がされているのではないかと、悪い想像も頭をもたげ始めていた。

不破家を後にした伊三次はその足で新場へ向かった。おてんに話を聞けば、あるいは何かわかるかも知れないとも考えたのだ。

しかし、おてんはあいにく出かけて留守だった。詮のない吐息をついて魚佐の外に出ると、九兵衛の友人の伝五郎が見世の横でしゃがんで煙管《きせる》を吹かしているのに気づいた。新場は夕市が有名である。午後からは魚を積んだ船が着いて忙しくなるが、朝の時間は暇もあるのだろう。

伊三次は伝五郎の傍へ行き、九兵衛を見なかったかと訊いた。伝五郎は少し驚いた表情をした後で、二、三日前に会ったきりで、それから見ておりやせん、と応えた。形《なり》のでかい伝五郎には魚佐の印《しるし》半纏が少し小さめに感じられる。いつもとぼけたことを言う男だと九兵衛から聞いていた。もちろん、伊三次が九兵衛の親方であることは、伝五郎も承知している。

「何かあったんですかい？」

伝五郎はつかの間、心配そうな表情になって訊いた。

「昨日から行方がわからねェのよ。ゆんべはヤサ（家）に戻らなかったし、今朝も仕事に出て来ねェ。おてんちゃんが何か知っているだろうと思って来てみたんだが、あいにく留守だし、困っちまってよう」

「九兵衛が雲隠れするなんざ、おかしな話だな。肩の荷を下ろして、ほっとしているはずなんだが」

「肩の荷を下ろして？」

伊三次は呑み込めない表情で伝五郎を見た。

伝五郎は居心地悪そうに伊三次の視線を避けた。

「どういうことよ」

伊三次は構わず突っ込んで訊く。

「そのう、九兵衛はお嬢さんに、嫁にできねぇと言ったんですよ」

「いつ？」

「だから、二、三日前に青物町のぼたんという見世で」

「………」

「お嬢さんも、きっぱり奴のことは諦めると言いやした」

九兵衛はとうとう、おてんとのことにけりをつけたのだと思った。だからと言って、それが無断で仕事を休む理由にはならない。

伝五郎も腑《ふ》に落ちない様子だった。おてんとのことにけりをつけたのなら、本来は清々しているはずだが、そうはならなかった。仕事を無断で休むほど気落ちした理由を考えると、伊三次はおさくの顔がふっと浮かんだ。

九兵衛はすぐさま胸の思いをおさくへ打ち明ける気になったのではないか。そして、それは首尾よく行かなかった。九兵衛は何も彼もがいやになっているのだ。思い詰めてばかなことをしでかさなければよいがと伊三次は九兵衛の気持ちを考えて思う。念のため、おさくにも話を訊く必要があった。

「邪魔したな。九兵衛を見掛けたら、すぐにおれがとこへ顔を出せと言っつくんな」

伊三次は伝五郎の肩を叩いて、わざと明るい声で言った。自分がさほど怒っていない様子を見せておけば、九兵衛も顔を出しやすいと思ったからだ。

「お嬢さんに言わねェほうがいいですね」

伝五郎はおてんを慮る。

「だな。今さら余計な心配をさせるのは可哀想だ」

「わかりやした」

伝五郎は真顔で肯いたが、九兵衛が見つからなければ、その内におてんに喋るだろうと思った。


柳原《やなぎわら》の土手は浅草御門《あさくさごもん》から筋違御門《すじかい》に至る長い土手だ。そこに柳の樹が等間隔に植わっている。柳は生長が早い樹木なので、土手の崩れを防ぐ目的で植えられたらしい。ために その場所は柳原の土手と呼ばれている。

しかし、柳原の土手と聞けば、人々は古着屋が軒《のき》を連ねる場所と心得ている。およそ千軒もの床見世《とこみせ》(住まいの付かない店)が集まっており、衣服を求める客でいつも混雑していた。

九兵衛は土手のてっぺんから少し下がった所に座り、所在なく床見世や、その前を行き過ぎる人の流れを見ていた。ぼんやりとした陽射《ひざ》しが九兵衛に降り注いでいる。朝夕は肌寒いが、日中はずい分、温かくなった。生え始めた草の緑もきれいだった。

伊三次の弟子となってから、ずっと働きづめだったので、昼のさなかにこうして何もせず、ぼんやりするのは初めてのような気がする。

──あたし、好きな人がいるの。ごめんなさい。

おさくの声を何度も思い出す。おてんにけりをつけた九兵衛は気がはやっていたのだろう。一刻も早くおさくに女房になってほしいと言いたかった。梅床の利助に後で文句を言われたとしても深川へ向かう足は止められなかった。朝の内なら勝手口の外ででも、おさくに話ができると思った。

おさくは気後れしたような表情をしていた。

九兵衛が自分に会いに来た理由を知っていたようにも思える。突っかえ気味に胸の思いを告げた九兵衛に、しかしおさくは頭を下げて断ったのだ。そうした展開を九兵衛は予想できなかった。嬉しそうに、いいの？　あたしで、と頬を染めて応えるものと思っていた。

いっきに身体の力が抜けた。魚干の帰りは、どこをどう歩いたのかも覚えていない。

途中に立ち寄った蕎麦屋で酒を飲んだのもいけなかった。酔った勢いで、ふと佐賀町《さがちよう》にある母方の叔母のことを思い出した。その家に着くと酔いのせいもあり、すっかり眠り込んでしまった。

気がついた時は暮六つ（午後六時頃）を過ぎていた。そのまま八丁堀へ戻ったのなら、大したことにはならなかっただろうが、叔母と連れ合いが、せっかく来たんだから、今夜は泊まって行けと強く引き留めたので、帰る機を逃してしまった。

伊三次が怒っているだろうと考えると、朝になっても不破家の組屋敷へ駆けつける気にならなかった。朝めしを馳走になってから、九兵衛はようやく叔母の家を出て、性懲《しようこ》りもなく魚干の前を通った。だが、もう一度、おさくを呼び出すことは避けた。しつこい男と思われたくなかったからだ。

九兵衛は両国橋を渡って広小路に出ると、柳原の土手に足を向けた。龍之進は以前、妻のきいが、辛いことがあると柳原の土手を走って憂《う》さを晴らすと愉快そうに話していたことを思い出していた。きいは走ることが好きな女だった。

九兵衛は土手の上を走る元気はなかった。二日酔いの身体では、土手に座ってぼんやりするだけだった。昨夜も叔母の連れ合いに勧められるまま、また飲んでしまったのだ。所在なげに九兵衛は自分の手を眺めた。鬢付油《びんつけあぶら》が滲《し》みた親指の爪の下にささくれができていた。ささくれができているのは左手だった。右手は何んともない。

それができるのは親不孝だからだと、昔、母親が言ったことがある。今の自分は母親の言う通り親不孝だと思う。邪険にささくれを引っ張ると、血が滲《にじ》んだ。九兵衛は慌てて血を舐《な》める。

その時、子供を連れた若者が九兵衛から一間（約一・八メートル）ほど離れた場所に腰を下ろした。子供は女の子で三歳か四歳ぐらいに見える。串のついた渦《うず》巻き模様の飴《あめ》を嬉しそうに舐めている。

若者は九兵衛と眼が合うと、照れたように笑った。赤筋《あかすじ》入りの長半纏を媚茶《こびちゃ》の着物の上に羽織っている。買い物の途中でひと息つく気になったのだろうか。

「兄《にい》さんの子供けェ？」

九兵衛は気軽な口調で訊いた。

「いや、知り合いの餓鬼よ。こいつの上に兄貴がいるんだが、しょっちゅう喧嘩ばかりして手に負えねェのよ。それでおいらの実家に連れて行ってしばらく暮らしたが、口が増えれば米代も掛かる。お袋に文句を言われて渋々、戻るところよ。ところがこいつは、またあんちゃんにぶたれるから帰ェりたくねェと駄々を捏《こ》ねて、弱っているのよ」

「てェへんだな」

九兵衛はおざなりに言う。

「おうよ、てェへんだ。どうせなら手前ェの餓鬼の世話をしてェもんだ」

若者は独り言のように言うと、傍の娘に、どうだ、おまち、そろそろヤサへ帰ェろうぜ、と訊いた。おまちは利かん気な表情で首を振る。どこかで聞いたような名に思えた。九兵衛は頭を絞って必死に思い出そうとした。

するとと、龍之進の顔が浮かび、ついで堀江町で行方知れずになっている娘のことにようやく辿《たど》り着いた。

「不躾《ぶしつけ》を承知で訊ねやすが、お前ェさんはもしかして富助さんという名前ェじゃねェですかい？」

そう訊くと、若者は面喰らった表情で九兵衛を見た。浅黒い顔をしているが二重瞼の眼が優しい。子供を手に掛けるような男には思えなかった。堀江町の人間は早とちりしているようだ。

「どうしておいらの名前を知っているんで？」

「どうしてって、堀江町で娘が行方知れずになっていると土地の岡っ引きと町方の役人が大騒ぎで捜し回っているのよ」

「あちゃあ」

富助は疎《まば》らに毛の生えた月代を撫で上げて嘆息した。

「何んでその娘の母親にひと言、お前ェさんの実家に連れて行くと言わなかったのよ」

九兵衛は詰《なじ》るように言った。

「面目ねェ。兄貴とこいつを離せば、きょうだい喧嘩もなくなると思ってよ」

そういうところが若さなのだろう。分別がない。

「おいら、どうしたらいいんだろうな。このままじゃ、岡っ引きの親分にしょっ引かれちまう」

富助はやるせないため息をついて言う。

「別に罪になるようなことはしてねェんだから、おたおたするな」

「それでもよ、気が重いぜ」

「お節介だと思わねェなら、おいらが自身番までついていってやってもいいぜ」

「お前ェさんが？」

富助は怪訝な眼を向ける。

「おいら、これでも八丁堀の旦那に知り合いがいるのよ」

「へえ、そいつは大したもんだ」

「なに、おいらは髪結いでよう、毎朝、八丁堀の組屋敷に通って旦那方の髪を結ってい
るのよ。申し遅れたが、おいらは九兵衛ってもんだ。よろしくな」

九兵衛は笑顔で言った。

「お前ェさん、髪結いけェ。手に職を持っているなら喰いっぱぐれはねェな」

「そうでもねェよ。貧乏暇なしだ。しかし、戻るのはいいとして、これからまた、その

娘の母親と暮らすつもりけェ？」

九兵衛は富助の行く末を心配する。

「呆れるだろ？　子連れの年増と一緒にいるなんざ」

富助は俯いて自嘲気味に言う。

「ま、人には色々事情もあらァな」

九兵衛はさらりと躱した。

「おせきとは、いつ切れてもいいと思っている。だが、気の利かねェ女で先のことが心配なのよ。こいつの兄貴をどこぞのお店に奉公させ、こいつが母親の手伝いができるようになるまで傍についていてやりてェのよ」

「そうか。お前ェさん、存外、情けがある男だな」

「そう思ってくれるのけェ？　ありがてェ」

富助は、九兵衛の言葉にぐっと来たのか、しゅんと洟を啜った。

「しかし、お前ェさんはまだ若けェ。年増の間夫《まぶ》をきどっていたって始まらねェ。早く仕事を見つけるこった」

「ああ。おいらは鳶職をしていたんだが、兄貴分と喧嘩して組をおん出てしまったのよ。その内、頭を下げて、組に戻りてェと思っている」

「それがいい。ささ、そいじゃ、行くか。ぐずぐずしていると日が暮れちまう」

九兵衛はそう言って富助を促した。

四

それから九兵衛は堀江町の自身番に富助とおまちを連れて行き、土地の岡っ引きに、これこれこういう訳で、と口添えしてやった。

富助は岡っ引きに怒鳴られたが、最悪の事態にならなかったことで、岡っ引きも裏店の差配も、もちろん、おまちの母親もほっとした表情だった。

知らせを受けて自身番に駆けつけて来た龍之進から、九兵衛は、よくやったと褒められた。龍之進は九兵衛が富助の足取りを探っていたものと思っていたらしい。それについて九兵衛は何も言わなかった。そういうことにしておけば、この二日の間の言い訳も通るような気がしたからだ。

自身番を出てから、九兵衛は炭町の梅床へ行き、客の頭をやっていた伊三次にすんませんと謝った。伊三次はろくに返事もしなかった。かなり怒っている様子だった。

代わりに伊三次の娘のお吉《きち》が内所（経営者の居室）から顔を出し、九兵衛さん、今までどこにいたのよ、皆んなが心配していたのよ、と文句を言った。お吉は女髪結いの修業をしているので、日中は梅床にいる。

「ちょいと堀江町で行方知れずになっている餓鬼らしいのを見掛けて、後を追っていたもんで……」

九兵衛はもごもごと応える。

「無事に見つかったのけェ？」

伊三次はその時だけ口を利いてくれた。

「へい」

伊三次は髪を結い終えた客に手鏡を差し出し、いかがさまで、と愛想のよい声で訊く。商家の番頭ふうの男はちらりと手鏡を覗くと、ありがとよ、と礼を言った。手間賃を受け取って客を送り出すと、伊三次は利助に、引けていいかと訊いた。利助は伊三次と九兵衛を交互に見てから、九兵衛、明日は仕事に出て来るんだろうな、と念を押した。

「へい。迷惑掛けてすんません」

九兵衛は利助に殊勝な顔で謝った。

伊三次は梅床を出ると、大根河岸《だいこがし》の水茶屋へ九兵衛を促した。また小言を言われるのだろうと、九兵衛は気が重かった。

茶酌女《ちゃくみむすめ》が運んで来た煎茶が大層うまく感じられた。かなり喉も渇いていた。無理もない。朝めしを食べた後は今まで何も口にしていなかった。

「行方知れずの餓鬼を追って時を喰ったなんざ、うそだろう」

伊三次は訳知り顔で言う。

「本当ですよ。ちゃんと富助とおまちを堀江町の自身番に連れて行ったんですから。うそだと思うなら不破の若旦那に訊いて下せェ」

九兵衛はむきになって言った。

「たまたま富助と餓鬼に会ったんだろう。おてんちゃんに断りを入れ、張り切っておさくちゃんの所に駆けつけたはいいが、つれなく袖にされ、何も彼もがいやになっちまった……おれはそんな筋《すじ》書《が》きを考えていたんだが、違っていたのけェ？」

図星を指され、九兵衛は言い返すこともできなかった。伊三次にはすべてお見通しだった。

「世の中、手前ェの思うようには行かねェものよ。わかっただろう？」

「へい……」

「わかったんなら、明日からまた一所懸命に働くこった。二日休んだ借りを取り戻すんだ。真面目にやってりゃ、その内、いい目も巡って来るさ」

伊三次はそう言って湯呑の茶を飲み干し、腰を上げた。内心ではひとつふたつ頬を張られるのを覚悟していただけに、九兵衛は何んだか力が抜けた。伊三次は魚干に行って、おさくに事情を聞いたのだろう。この二日の間、伊三次が自分を捜していたのだと思うと、すまない気持ちが込み上げる。伊三次は決して自分を見離したりしない。改めてそう感じた。

「そうそう。岩さんは今まで通り魚佐で働けるそうだぜ。魚佐の旦那はできた人で、娘のことで長年尽してくれた奉公人を追い出したりしねェそうだ。お前ェも安心したろ？」

笑顔でそう言う伊三次が滅法界もなく男前に見えた。

「心配掛けてすんません」

「もう十分謝ったぜ。済んだことは忘れろ」

伊三次はそう言って八丁堀に足を向けていた。


たった二日、家を空けていただけなのに、自分の住まいが懐かしく感じられた。そう思う自分が九兵衛は不思議だった。お梶は帰って来た九兵衛に少し驚いた表情をしたが、何も言わなかった。おてんのことが九兵衛の気持ちの負担となっていたのを知っているからだろう。岩次はまだ仕事から戻っていなかった。

晩めしの時刻になると、お腹がすいただろ？　先にお食べよ、とお梶は言った。

「いや、親父が帰って来るまで待つわ」

九兵衛はそう言って、土間口の外に出て、傍に置いてある床几《しょうぎ》に座った。夕焼けの空が頭上に拡《ひろ》がっていた。それをぼんやり眺めていると、おてんの顔が思い出された。それでいて、おさくについては何んの心残りもなかった。自分の身の丈に合った娘を女房にしたいと考えていた九兵衛に、たまたまおさくはぴったりの娘だったからだろう。断られて一時は意気消沈したが、今となっては伊三次が言ったように済んだことだった。考えるのもばかばかしい。

岩次は仕事が立て込んでいるのか、なかなか戻って来なかった。九兵衛は裏店の門口《かどぐち》まで迎えに行こうと腰を上げた。父親の顔を見ることが、その時の九兵衛にとって、一番安心できるような気がした。

岡崎町の表通りは家路を急ぐ人々で結構、賑やかだった。日が長くなったとは言え、辺りに夕闇が迫り、やがて暮六つの鐘が聞こえて来た。

せかせかした足取りは夜目にも岩次だとわかった。

「親父！」

九兵衛は片手を挙げた。すると岩次の足が止まり、後ろを振り返る。その拍子に背の高い娘の姿が見えた。おてんだった。

どきりと九兵衛は胸の鼓動を覚えた。

「お嬢さんはお前ェがいなくなって大層、心配していたのよ。伝五郎が親方の家に通って、まだ見つからねェかと聞いていたんだ。ようやく、戻って来たとわかり、おれもほっとしたものだが、お嬢さんはお前ェの面《つら》を見なけりゃ安心できねェみてェだったんで、旦那に断ってお連れしたって訳だ」

　岩次は照れ臭そうに話す。九兵衛は何んと応えてよいかわからなかった。おてんがやって来るとは夢にも思っていなかった。

「おれは先に帰っているから、お前ェ、話が済んだら、お嬢さんを魚佐まで送って行きな」

　岩次は気を利かせたつもりなのか、そう続けると、そそくさと家の中へ入って行った。所在なげに九兵衛は足許の小石を雪駄《せった》の先で突っつく。

「今さらのこのこやって来るなんて、未練な女だと思っているだろ？」

　おてんは上目遣《うわめづか》いで訊く。

「いや……」

「一時はあたいもあんたのことを諦めて魚新の話を受ける気になったんだ。お父っつぁんも仲人《なこうど》を通して、向こうに話を進めるように言ったのさ。魚新の若旦那はあたいの気性を知っているようだから、そう悪い人じゃないだろうと思ったんだよ。ところが、向こうはあたいが幾ら持参金を用意するつもりなのかと仲人に訊いたそうだ。まだ、見合いもしていないのに」

「持参金目当てか」

「そうみたい。魚新は、表向きは羽振りがいいが、内証《ないしょう》は火の車らしいんだよ。あたいの持参金でひと息つく魂胆《こんたん》だったらしい。それにはお父っつぁんも呆れて、冗談じゃないと断ってしまったのさ」

「てェへんだったな」

「あたいは、よくよく運のない女だと思ったよ。おまけに九兵衛さんは姿を晦《くら》ましちまうし、いっそ大川に飛び込んだら気が楽だろうと思ったものさ」

「いけねェ、いけねェ、そんなことを考えちゃ。おてんちゃんには、これからいいことが幾らでも待っている」

「おざなりは言わないで。今のあたいに、いいことなんてあるとは思えないよ」

おてんは、きッと顎を上げて言う。通り過ぎる人が二人に興味深そうな眼を向ける。

九兵衛は裏店の門口の中におてんを引き入れた。

「男と女は縁があれば夫婦となり、縁がなければ別れると言うよな。おてんちゃん、おいらとお前ェは縁があると思うか？」

今まで九兵衛はおてんの話を何んだかんだとはぐらかしていた。九兵衛はその時、初めてまともなことを喋った気がした。

「わからないよ。九兵衛さんは縁がないと思ったから、あたいにけりをつけたんだろ？」

「それはそうだが……」

「魚新の話を断った後で、お父っつぁんは、しみじみあたいに言った。お前がどんな男を亭主にしようが、おれは実の倅と同じように可愛がるって。あたい、それを聞いて心底安堵《あんど》したよ。あたいを嫁にしてくれる人なら紙屑拾いだろうが日雇いだろうが構やしないと思ってさ」

おてんは涙を溜めた眼で言う。おてんの髪はそそけていた。この何日か髪を結う気にもならなかったらしい。

「おてんちゃんの亭主になる奴に髪結いは入っていないのけェ？」

そう言うと、おてんは言葉に窮して黙り込んだ。

「髪ィ、結ってやるよ。とびきり気を入れて結ってやらァ。お前ェのてて親と母親が驚くようによ」

九兵衛は笑顔で言う。

「それってどういうこと？」

おてんは掠《かす》れた声でようやく訊いた。

「さあてな」

「意地悪。はぐらかさないで、はっきり言っておくれ」

「んなこと、はっきり言えるか」

九兵衛はそう言っておてんの頭を引き寄せ、口を吸った。おてんは喉の奥からこもった声を洩らす。

「人が見るよ」

「構うもんか」

九兵衛は腕に力を込める。その拍子に左の親指に小さく痛みが走った。ささくれを無理に剝《む》いた痕《あと》が治っていないようだ。それができるのは親不孝だからと言った母親の言葉が甦る。おてんを振り切れない自分は親不孝かと、ふと思う。

それでもいいさ。今までさんざん両親には心配を掛けて来たのだ。今さら身の丈に合わない女房を持ったところで、両親はさほど気にしないだろう。これでいいのだ。九兵衛はここに来て、ようやく決心を固めることができたと思う。指のささくれが疼《うず》く。それを忘れるために、九兵衛はおてんの口をきつく吸った。

昨日のまこと、今日のうそ

一

不破龍之進が北町奉行所の役人となって、かれこれ十年以上の歳月が過ぎた。最初は無足《むそく》（無給）の見習い、それから僅《わず》かな給金をいただける見習い、そして同心の補佐や雑用をこなす番方《ばんかた》若同心として経験を積み、二十五歳を過ぎた頃から定廻り同心の任に就いた。

北町奉行所には様々な部署があり、時代の変遷もあるが、その数は三十数種にも及んでいる。同心の上には与力がいるが、俗に三廻《さんまわ》りと呼ばれる定廻り、隠密廻り、臨時廻りの部署には与力がいない。三廻りの仕事は事件と直結している場合が多いので、いちいち与力の指示を仰《あお》いでいては事件解決の機を逃すということなのだろうか。

与力がいない理由は本当のところ、龍之進でもよくわからない。昔から、ずっとその流れで来ている。まあ、同心は表向き一代限りのお抱え席であるが、実際は親子代々に亘《わた》って仕事を引き継いでいる。祖父から父、父から子へと、仕事に対する心構えや技《わざ》は抜かりなく伝わっている。新参者《しんざんもの》の与力など、むしろ邪魔な存在にもなろう。しかし、どれほど目覚ましい働きをしても、同心は終生、同心のままで与力に出世することはない。それゆえ、年配の同心の中には、どこか仕事に対しておざなりになっていると龍之進は感じることがあった。事件は毎日のように起きているから、いちいち頓着していては身がもたないと思っているらしい。自分も四十、五十となった時はそうなるのだろうか。気をつけなければならない。人が百人いれば百通りの人生がある。罪を犯してしまった者の理由も一様ではない。

それなのに奉行所は事件を均一的に処理しているように思えてならない。殺ししかり、傷害しかり、盗み、詐欺《さぎ》もしかり。奉行所の見解にそぐわない事件があれば、前代未聞だなどと大袈裟に言う。龍之進に言わせれば笑止千万だ。この世の中、何が起きても不思議ではない。龍之進は常々、そう思っているが、他の同心が自分と同じように考えているとは限らない。それこそ人それぞれだ。

江戸市中の治安を守り、罪を犯した人間を捕《とら》えるのが定廻り同心の仕事であるが、自身番や大番屋《おおばんや》へ無事に下手人や咎人《とがにん》を連行し、口書《くちが》き（供述書）を取って、爪印《つめいん》を捺《お》させれば定廻りの仕事は終わりだ。素直に罪を認めない者は吟味方《ぎんみかた》がさらに追及し、場合によっては仕置きとなる。お白洲《しらす》で奉行の裁《さば》きがあり、刑が執行される時は、下手人の顔などすっかり忘れていることも珍しくない。捕縛《ほばく》から刑の執行まで関わることができれば、事件に対する見方も違って来るはずだが、奉行所の体制は、そうなってはいない。龍之進は、それに対して、もどかしい思いを抱くこともあった。

ひと月ほど前、龍之進は一家を皆殺しにした男を捕縛した。男は女房と、女房の母親、三人の幼い娘を次々と出刃包丁で刺したのである。

女房と三人の娘は即死。女房の母親も発見された時は虫の息で、医者の手当の甲斐もなく二日後に死んだ。男は錺《かざり》職人で、二年ほど前から独立して仕事をするようになっていた。

徒弟の時は、あてがい扶持なので、独立すれば、本人のがんばり次第で高い手間賃も取れる。男もそれを大いに期待していたようだ。

しかし、小間物問屋からの注文は思ったほど来なかった。これでは何んのために独立したのかわからない。ひどい時は、あてがい扶持の徒弟の頃より稼げなかった。今さら親方に頭を下げ、徒弟に戻ることもできず、男は鬱々《うつうつ》とした日々を過ごしていた。それは徒弟仲間の一人が語っていたことである。

元々、男は口数が少なく、親しくしていた友人もいなかった。何を考えているのかわからない男だったとも徒弟仲間は言っていた。

女房は家計の不足を補うために、日中、花屋を営んでいる姉夫婦の店を手伝い、住まいにしていた裏店《うらだな》にも花を置いて、近所の人間に売っていた。それでも食べるだけの、かつかつの暮らしだった。女房の母親は台所仕事と子供達の世話をする合間に客の相手をしていた。女房は男のきょうだいもいないことから母親との同居を余儀なくされていたようだ。表向きは健気《けなげ》な一家だったと、近所の人間は口を揃えて言う。男は辰五郎《たつごろう》という名で三十五歳だった。その年にもなれば分別もあったはずである。なぜ、そのような事件を起こさなければならなかったのか。

狭い裏店で、七歳を頭に三人の娘が泣いたり、騒いだりすれば仕事をする辰五郎の癇《かん》にも触《さわ》っただろう。加えて、女房の母親は実の母親と違い、遠慮しなければならないこともあったと想像できる。

しかし、それが家族を殺害する理由となるものだろうか。

捕縛した時の辰五郎は興奮状態で、底光りした眼が不気味だった。もしかしたら精神を病《や》んでいたのかも知れない。

お白洲で北町奉行が下した裁きは引き廻しの上、獄門《ごくもん》という当然と言えば当然の沙汰だった。

辰五郎は姉の花屋を手伝う女房が男の客とねんごろになったと悋気《りんき》（嫉妬）して事に及んだと、奉行は裁きの理由を滔々と読み上げた。

そうだろうか。龍之進は訝《いぶか》しむ。だいたい、茅場町《かやばちょう》の大番屋に連行した時も辰五郎は意味不明のことを喚《わめ》いており、その場にいた同心が束になって掛かっても、事件の真相に触れるようなことは喋らなかった。

皆んながおれをばかにしているだの、二六時中、誰かに見張られているだのと、さっぱり要領を得なかったのだ。どこから女房が花屋の客とねんごろになったという話が出たのだろうか。むろん、それが事実なら、裁きの内容も変わって来るはずだ。不義密通《ふぎみっつう》を冒《おか》した女房を殺しても、亭主は死罪までならない。

女房の母親の存在が、この度の沙汰の鍵だった。長幼の関係を重く見る奉行所は辰五郎を親殺しの下手人と判断して、裁きを下したのだ。女房と三人の娘の殺害は親殺しの流れで起きたものと考えられたようだ。

辰五郎にすれば、不義密通を働いた女房は殺しても構わない。その血を引く娘達も同様だ。さらに女房の母親も自分ではなく女房に味方するものだから殺したという理屈になるのか。

しかし、可愛い娘達を三人も殺せるものだろうか。人の親となった龍之進にはわからない。もっと辰五郎の心の内に分け入って真相を確かめるべきだと思うが、奉行所は辰五郎にばかり関わっていられない。五人の人間が殺され、その下手人が辰五郎とはっきりわかっている以上、真相など二の次になるのだ。

定廻り同心として仕事をするようになると、龍之進は奉行所が下手人や咎人の捕縛ばかりに躍起《やっき》になっているように思えてならなかった。いや、町方奉行所の役人にとっては、それが一番肝腎なことだが、なぜ、どうして事件は起きたのかに龍之進はこだわる。そこが他の同心達と自分が違う点だと龍之進は思う。

下手人から取った口書きの内容にも納得できないものが多々あった。納得したとしても、何か腑に落ちない部分があった。口書きに記された事項が事件のすべてとは思えないのだ。

結局、事件の真相など本人でなければわからない。まして、口書きを記述するのは本人でなく書役《かきやく》だ。おおかたの下手人や咎人は自分のしたことを言葉で説明することに慣れていない。と言うよりできない。事件当時の心持ち、あるいは育った環境、仕事の内容、人間関係、様々な理由も考えられる。

例繰《れいく》り方《かた》は過去の裁許帖《さいきよちよう》に照らし合わせて断罪の擬案《ぎあん》を作成して奉行に提出する部署だが、奉行は擬案にちらりと眼を通しただけで沙汰を下してしまう。前例に倣《なら》っての沙汰だ。

それで果たしてよいものだろうかとも龍之進は考えているのだった。

辰五郎は奉行の裁きがあった日から間もなく、刑に処せられることとなった。花見の季節を迎える前のぼんやりとした曇りの日だった。馬に乗って引き廻される辰五郎は妙にさばさばした表情をしていた。鬼、ひとでなし、と沿道で引き廻しを見物する人々の中から怒りの声が上がっても、辰五郎は平然としていた。

龍之進は朋輩の橋口譲之進《はしぐちじょうのしん》と一緒に日本橋の近くで引き廻しの行列を見ていた。

「どういう気持ちでいるのだろう」

独り言のように言った龍之進に譲之進は皮肉な表情で薄く笑い、奴に同情しているのか、と訊く。

「まさか。五人も殺した下手人に同情なんてするものですか」

やや怒気を孕んだ声で龍之進は応えた。

「いかさまな。しかし、奴もこれで思い残すこともなくあの世に行けるだろう」

「思い残すこともなく？」

譲之進の言葉を確かめるように龍之進は訊いた。

「ああ。奴にとって、生きるのも地獄、死ぬのも地獄だったのよ。同じ地獄なら、いっそ死んだほうが奴にはましだったのよ」

譲之進は訳知り顔で言う。その見解に龍之進は少し驚いた。自分の考えとは違っていたからだ。

「橋口さんは奴の起こした事件をそのように考えていたのですか」

龍之進は早口に訊いた。齢《よわい》三十の譲之進は龍之進よりひとつ年上である。しかし、すでに中年男の雰囲気を漂《ただよ》わせている。いや、三十という年齢は立派に中年だが、それにしてもあまりに若さが感じられない。こめかみの辺りには薄茶色のシミができている。ぽつぽつと白髪も出ていた。それもこれも譲之進が務めに励んでいる証《あかし》だとすれば、そうとも言えるが。

「あれは無理心中よ」

譲之進は上唇を舌で舐めてから、ずばりと言った。

「親殺しではなく？」

「奴は追い詰められていたんだ。手前ェが自害すれば残された女房子供が可哀想だ。いっそ、道連れにしたほうがいいと思ったんだろう」

「しかし、奴は花屋の客と女房ができていたとして事に及んだということになっていたはずですが」

「そいつは吟味方の方便よ。奴が出まかせに言ったことを、そのまま受け取ったに過ぎん。花屋の客にそれらしい男は浮かんでいねェ。だいたい、男が花を買うか？」

「そりゃ、買う者だっているでしょう」

「おれは買わない。おぬしは買うか？」

「買いませんが」

「だろう？　花屋の客のことは奴の妄想だ。それを吟味方は、さも事件の真相と言わんばかりに上に報告したのよ」

「喜六《きろく》さんに確かめたのですか」

龍之進は吟味方に所属する朋輩の古川《ふるかわ》喜六の名を出した。

「下手人を牢に収監した後で、確かめるも何もありゃしねェ。だいたい、喜六も近頃は吟味方の色にすっかり染まっている。与力や同心仲間にへいこらしていれば手前ェの身は安泰だと考えているんだ。所詮は料理茶屋の倅よ。辰五郎の殺しの理由は、結局、金のなさよ」

譲之進は不愉快そうに吐き捨てた。喜六は柳橋《やなぎばし》の料理茶屋の息子だったが、跡継ぎのいない古川家に養子に入った男だった。譲之進は陰で、何かとそのことを持ち出す。すでに引き廻しの行列は日本橋を折り返し、江戸橋の方向へ向かっていた。

「金がなかったのが地獄ですか」

龍之進は低い声で訊いた。

「おうよ」

辰五郎の殺しの理由は譲之進の言うことにも一理ある。だが、もうひとつ納得が行かなかった。それは龍之進が、とことんの貧乏を経験したことがないせいかも知れない。

「しかし、貧乏に喘いでいる者は、この江戸にごまんといますよ。いちいち、生きているのが地獄だからと言って、家族を道連れにして死んでは、人の命は幾つあっても足りませんよ」

龍之進は反論する。

「おれだって、金がなくて死にたくなったことがある」

だが、譲之進はため息交じりに言った。龍之進は、ぎょっとしてその顔を見た。

「下の妹を嫁に出し、やれやれと思っていた矢先、妹の嫁ぎ先で葬式が続いたのよ。四つもだぞ。こっちは親戚となった手前、香典を出さない訳には行かぬ。妹の祝言でわが家はずい分、金を遣った。その上、香典となると、正直、泣きたい気分だった。父親はその頃、病に臥せっていて頼りにならぬ。無心《むしん》できるような人間もいなかったのだ。母親が自分の着物を質屋に曲げて工面したが、それだけでは済まなかった。最後のひとつは知らぬ振りをしてやり過ごした。だが、それを未だに妹から詰られる」

「ちょっとおっしゃっていただければ力になりましたのに」

龍之進は気の毒そうに言った。

「いやいや、おぬしにまで迷惑は掛けられぬ。まして、香典のためだとは口が裂けても言えぬ。おれにも見栄《みえ》というものがある」

「世の中、金ですかね」

「おうよ。それが一番肝腎なことだ。金がなければ身動き取れぬ」

龍之進はそう言った譲之進に応えず、引き廻しの行列を見つめた。馬が歩を進めるごとに馬上の辰五郎の身体も上下に揺れている。

死罪の理由はお白洲で聞いたはずだが、辰五郎はそれでよかったのか、よくなかったのか、龍之進にはわからない。

辰五郎は家族を殺した理由を金のためとは言わなかった。それは譲之進と同様に男の見栄でもあったのか。

金とは恐ろしいものだと、つくづく思う。

皆、金のためにあくせく生きているというのに、いざとなれば、金の問題を後回しにしたがる。人間は複雑な生きものでもあった。

馬上の辰五郎の姿は小さくなった。江戸橋から荒布橋《あらめばし》に向かい、それから小伝馬町《こでんまちょう》の牢屋敷に戻って刑が執行される。事件の真相は曖昧《あいまい》にされたまま、一人の男の命がこの世から消えるのだ。それも世の中なのだろうか。

龍之進は複雑な思いで遠くの行列を眺めていた。

二

本所・緑町《みどりちょう》五丁目にある蝦夷《えぞ》松前藩の下屋敷の朝は早い。明六《あけむ》つ（午前六時頃）の鐘が鳴ると、女中達は身仕度を調えて仏間へ向かう。毎朝、下屋敷の長《おさ》である三省院鶴子《さんせいいんつるこ》は仏壇に灯明をともし、香華《こうげ》をたむけて勤行《ごんぎょう》をする。亡き夫と先祖代々の藩主の霊を慰めるのだ。鶴子は先代藩主の側室だった。先代が亡くなると剃髪して三省院を名乗っていた。鶴子に仕える不破茜もまた、水晶の数珠《じゆず》を携《たずさ》え、仏壇へ殊勝に頭《こうべ》を垂れる。

その日も恙《つつが》なくお務めを全《まっと》うできますように、八丁堀に住む家族が何事もなく過ごせますように、絵師の修業中の伊与太《いよた》の腕が上がりますようにと、松前藩の先祖の霊に祈る。

不思議なもので、そう祈ることで茜の気持ちも落ち着くのだ。四半刻《しはんとき》（約三十分）ほどの勤行が終わってから、ようやく朝食となる。

茜は他の奉公人達と一緒に台所の座敷で朝食を摂《と》る。納豆と漬物、梅干し、それにめしと実《み》のあまり入っていない味噌汁がつく。梅干しを食べるのは、その日の難逃《なんのが》れになると鶴子は言っていた。茜は鶴子の言葉を信じて顔をしかめながら梅干しを食べる。その表情が可笑しいと、他の女中達が笑う。

これから江戸は桜の季節を迎える。毎年、鶴子は上野《うえの》か向島《むこうじま》へ花見に出かけるという。さて、今年はどこになるのだろうかと茜も楽しみにしていた。

朝食が済んだ頃、台所に鶴子の側仕《そばづか》えの女中が現れ、茜様、ご隠居様がお呼びですよ、と声を掛けた。楓《かえで》という名の古参の女中である。

「ただ今、参りまする」

茜は元気に応えた。その拍子に楓は、とまどったような表情を見せた。茜は俄《にわか》に不安を覚えた。実家の両親や生まれたばかりの甥に何かあったのかとも思った。

楓の後ろから鶴子の部屋について行く途中、楓様、何かございましたか、とおそるおそる訊いた。振り返った楓は、ええ、まあと曖昧に応えた。余計なことを口にしないのは楓の美徳だが、時々、茜はいらいらした。はっきりおっしゃって、と言いたかった。

鶴子の部屋の前で楓は茜様をお連れ致しました、と中へ声を掛けた。

「お入りなされ」

低い返答があった。楓に促されて部屋に入り、茜は袴《はかま》を捌いて座り、丁寧に頭を下げた。

茜は鶴子の警護役を仰《おお》せつかっているので、常々、若衆髷《わかしゆわげ》に羽織袴の恰好をしている。

「本日もご隠居様にはご機嫌麗《うるわ》しく、お喜び申し上げまする」

型通りの挨拶をした。すると鶴子は小さな吐息をつき、ご機嫌はあまり麗しくありませんのよ、と応える。二重瞼の優しげな眼が憂《うれ》いを帯びていた。その表情とくりくりした頭はそぐわない。

「何かございましたでしょうか」

茜は、やや緊張した面《おも》持ちで訊いた。

「良昌《よしまさ》殿のご容態が芳《かんば》しくございません」

そう言われて茜は言葉に窮した。松前良昌は現藩主の嫡子《ちやくし》で今は下谷《したや》・新寺町《しんてらまち》の上屋敷に居住している。生まれつき蒲柳《ほりゅう》の質《しつ》で、何かあるとすぐに倒れた。それゆえ次期藩主にふさわしくないとの意見も多々あり、藩内は揉《も》めていた。茜が上屋敷から下屋敷へ移されたのも良昌に関する様々な憶測《おくそく》が耐えられず、つい短慮《たんりょ》な行動を起こしたためだった。

「悪い風邪を引き込み、お熱がなかなか下がらないのだそうです。ご膳も満足に召し上がらないので、体力も奪われているご様子。わたくしは心配なのでお見舞いに伺おうと思っておりました」

鶴子は心配顔になった茜に続けた。

「さようでございますか。ご隠居様がお見舞いなされば若様も少しはお元気になられるかと存じまする」

「本当はそなたが顔を見せて差し上げれば良昌殿はお喜びになると思うのですよ。無理にとは申しませんが」

鶴子は茜の顔色を窺うように言った。

「はあ……」

上屋敷に出かければ、奉公している女中達から好奇の眼を向けられるだろう。それが鬱陶《うっとう》しかった。

(刑部《ぎょうぶ》様は若様がご心配で駆けつけて来たのでしょう。意地を張らずに、いっそのこと

若様の側室となることを承知なさればよろしいのに）

　女中達の陰口まで想像できた。刑部は上屋敷にいた時の茜の通り名だった。

「気が進まないご様子ですね」

　やはりそうかという表情で鶴子は言う。

「いえ、お加減が悪いのでしたら、わたくしもお見舞いしたい気持ちはございますが、それがまた、つまらない憶測を呼ぶのであればご遠慮したほうがよろしいのでは、と思っておりまする」

「そうですね。そなたのお気持ちはよくわかります。せっかくこの屋敷で心静かに過ごしおるのに、徒《いたずら》に波風は立てたくないもの。しかし、上屋敷から良昌殿の容態を知らせて来たということは、暗に良昌殿がそなたに会いたがっているからとも思えるのですよ」

「若様がわたくしに是非にも会いたいとお望みなら仰せに従いますが」

　茜は言葉を和らげて応える。

「楓。そなたはどうお思い？」

　鶴子は傍に控えていた楓に訊いた。楓はその問い掛けに、つかの間驚いた表情をしたが、鶴子と茜の顔を交互に見て、若様は茜様がお見舞いなされば大層喜ばれると思いまする、ご隠居様のお伴で上屋敷においでになるのであれば、余計な詮索をされることもないと存じまする、と静かな声で応えた。

「そ、そうですね。わたくしが傍についておれば余計なことは言わせませんよ。たとい、藤崎《ふじさき》が現れたとしても」

鶴子は自分を奮《ふる》い立たせるように言う。藤崎は長局《ながつぼね》を束ねる老女で、茜の上司だった。

藤崎は茜を良昌の側室にすべく、あれこれ策を弄した女だった。

「ご隠居様。はなはだ僭越《せんえつ》ではございますが、わたくしはお訊ねしたいことがございまする」

茜は前々から気になっていたことを思い切って言おうと思った。

「何んでしょう」

「ご隠居様はわたくしが若様の側室に上がればよろしいとお考えですか」

「まあ、やぶからぼうに……」

鶴子は返答に困り、曖昧に言葉を濁した。

楓が慌てて、そのようなことをお訊ねしてはなりませぬ、と茜を制した。

「なぜでしょう。わたくしはご隠居様のお気持ちをはっきり知りたいのでございまする。ご隠居様が松前藩のためにそれをお望みなら、それは藤崎様と同意見と受け取りまする」

「茜様、言葉が過ぎますぞ」

楓はたまらず厳しい声を上げた。

「申し訳ありませぬ。平《ひら》にお許しを」

茜は深々と頭を下げて謝った。

「大名家の跡継ぎの側室を望まれたら、どうでも従わなければならないと、そなたは考えているようですね」

鶴子は醒めた表情で言う。何んとなれば、鶴子も呉服屋の娘から側室に上がった女である。すぐに気づいたが、取り返しはつかない。

「それを拒否するのは畏《おそ》れ多いことでございまする」

茜は低い声で応えたが、冷や汗が出る思いだった。

「どうでもいやだと言う者を無理やり側室に据えるような無体《むたい》を藩は致しませぬ。要はお二人の気持ちの問題でございます。納得した上で事が運ぶのですよ」

鶴子は茜を安心させるように言った。

「しかし、藩の中にはわたくしを若様の側室にして、早々に若様を隠居に追い込もうと画策した人物が何人もいたではありませんか。若様は次期藩主のお立場にそれほど固執《こしゅう》しておりませぬ。わたくしを側室に据えれば若様がおとなしく隠居を承知するものと考えたのでございまする。もしも、わたくしがそれを拒否した場合、何が起きるか知れたものではないという意見も聞いておりまする」

「まあ……」

鶴子は呆れて二の句がつげなかった。

「茜様は上屋敷で大変な思いをなさっていたのですね。本当にお気の毒です」

楓も心底同情した口ぶりで言った。

「わかりました。そなたはお見舞いをなさらずともよろしい。わたくしと他の女中達で参ります」

鶴子は決心を固めたように言った。

「ご隠居様にお庇いいただけるのでしたら、お伴致しまする」

だが茜は、あまり鶴子を困らせてもいけないと思い、そう応えた。

「本当に？」

「はい。ご隠居様の警護は、この茜の務めでございますゆえ」

「よう言うた。そなたの気持ちはしっかりと受け留めておきます。何も心配することはありません。わたくしに任せて」

鶴子は拳《こぶし》で勇ましく胸を叩いた。

そうして良昌の見舞いに同行することが決まった。当日まで、鶴子は持参する見舞いの品を何にしたらよいのかと日夜思案していた。

しかし、いざ当日になると茜は緊張のあまり胸具合が悪くなり、食も進まなかった。鶴子の伴で下谷へ向かうのだと自分に何度も言い聞かせても、緊張は解けなかった。本所から下谷までは結構な距離があるが、こういう時に限って存外、早く着いてしまう。皮肉なものだと茜は思っていた。

鶴子の乗った輿《こし》が上屋敷に到着すると、大門が軋《きし》んだ音を立てて開いた。家老、江戸詰めの家臣、それに女中達が御殿へ向かう敷石の両側に立って出迎えていた。陸尺《ろくしゃく》（貴人の駕籠舁き）が輿を下ろすと、伴の者はその場に蹲《つくば》う。楓はすばやく輿に進み、鶴子の履き物を輿の前に揃えた。外に出た鶴子は墨染《すみぞめ》の衣《ころも》に白い頭巾を被《かぶ》り、手には菩提樹《ぼだいじゅ》の実でできた数珠を携えている。つかの間、辺りに眼をやった仕種《しぐさ》も貫禄があった。

「ご足労でございまする」

上屋敷の家臣達は口々に労をねぎらう。鶴子はそれに目顔で応える。老女藤崎の姿に気づくと、茜は掌が汗ばんだ。

「それでは……」

鶴子が低い声で促すと、茜と楓、それに三人の女中達が鶴子の後から御殿の玄関に向かった。三人の女中達は風呂敷に包んだ見舞いの品をそれぞれに抱えていた。鶏卵、水菓子、白絹の反物などが用意された。

半年ぶりに訪れる上屋敷は内心の思いとは別に大層懐かしいものがあった。たった半年なのに、茜は何年も訪れていなかったような気がした。

良昌の部屋は障子が閉じられていたが、案内した家臣が声を掛けると、静かに障子が開いた。

良昌は蒲団の上に起き上がり、両手を突いて頭を下げていた。白絹の寝間着の上に、それでも羽織を重ねていた。鶴子は中に入ると、挨拶など無用でございまする、お気楽に、と声を掛けた。

茜と他の女中達も中に入ると、障子は閉じられた。仄暗《ほのぐら》い。その仄暗い部屋で良昌の顔も青ざめて見える。元々、痩《や》せた身体をしていたが、すっかり頬がこけていた。傍には若い近習《きんじゅう》が二人、控えていた。

「このようなていたらくで、全く情けないことでござる。わざわざ三省院様にお見舞いいただき、恐縮至極でござる。なに、風邪が長引いているだけのことなので、それほどご心配いただかずともよろしいのですぞ」

良昌はわざと明るい声で言う。

「風邪は万病の元。くれぐれもお気をつけあそばすように」

鶴子は良昌に世間並の注意を与えた。

「はい。良昌、肝《きも》に銘《めい》じまする……おや、刑部も来てくれたのか」

良昌は茜に気づくと弾《はず》んだ声を上げた。無視してくれたらいいものを、と茜は内心で思う。

「ご無沙汰致しておりました。ご隠居様のお引き立てにより、刑部は恙なくお務めをさせていただいておりまする。若様のご本復を心よりお祈りしておりまする」

茜は畏まって挨拶した。

「そうか。元気でお務めしていたか。それは重畳《ちょうじょう》。そちの顔を見て、わしも元気が出た気がする」

二人の近習は含み笑いを堪えるような表情をした。こいつらも良昌の隠居に加担しているのかと、余計な思いも頭をもたげる。

「さて、それでは、良昌殿は刑部と積もる話もございましょう。わたくしどもは別のお部屋でお茶などいただいておりますので、お二人でしばし歓談なされればよろしいかと」

しばらく世間話をした後で鶴子はそう言った。えっ、と短い声が茜の口から洩れた。良昌と二人きりで話をすることなど聞いていない。話が違うと喉許まで出ていたが、鶴子は女中達を促して、さっさと廊下に出てしまった。

良昌は鶴子の姿が見えなくなると、近習に、茶を持て、うまい菓子も一緒にな、と命じた。

「お気遣いなく」

茜は早口で制した。

「いやいや、久しぶりにそちと会ったので、わしは嬉しくてたまらぬ。ゆるりと過ごして行け」

「畏れ入りまする」

こういう流れになるのなら鶴子に同行しなければよかった。鶴子は茜が考えていたより、はるかにしたたかな人物なのかも知れない。

茜を庇うどころか、良昌にわざと近づけているような気がした。

高台茶碗と金沢丹後《かなざわたんご》の菓子が運ばれて来ると、良昌は遠慮せずに飲め、と勧めた。近習は茶と菓子を出すと、襖《ふすま》の外に下がった。しかし、襖の外に控え、良昌の用事に応えるため待機している。聞き耳を立てているかも知れない。

「本日はご隠居様のお伴でこちらへ参りましたので、このようなもてなしを受けるとは思ってもおりませんでした」

茜は、ちくりと皮肉を込めたが良昌には伝わらない。

「よいではないか。そちには色々苦労を掛けた。下屋敷で恙なくお務めしているとわかり、わしは心底安堵した」

「はい。若様のお心遣い、刑部は心底ありがたいと思っておりまする」

「したが、刑部。わしはそれほど長生きできそうにない。そちの顔を見られるのも、あと何度あるかと……」

良昌は暗い表情になって言う。

「そのようなことをお考えになってはなりませぬ。若様は元服を迎えたばかりではございませんか。これから何十年も先がございまする」

「いや、自分のことは自分が一番よくわかっておる。わが松前藩のためにも章昌《あきまさ》に家督を継いで貰ったほうがいいのだ。さすれば、つまらぬ騒動も避けられる」

章昌とは良昌の腹違いの弟のことだった。

「弟君に跡目を譲り、若様は隠居なさるおつもりですか」

「さよう。ここを出て、そちや三省院様のいる下屋敷で暮らしたい。そちの顔を毎日見たいのだ」

それでは良昌の次期藩主に反対する者達の思う壺だ。茜は悔しさに唇を嚙んだ。

「わしの決心が不満か」

「若様がお決めになることに刑部は異を唱えることはできませぬ」

「なるほど。それは家臣としての意見だな」

「………」

「刑部がわしの身内だったら、違う意見もあるのだな」

「わたくしは前々から申し上げていたはずです。ご膳をたくさん召し上がり、お身体を壮健にして次期藩主にお就きいただきますようにと」

隣りの部屋から本でも取り落としたような音が聞こえた。やはり近習は聞き耳を立てている。気をつけなければならない。

「わしにはっきり意見を言う者は刑部以外におらぬ。刑部、わしの今生《こんじょう》の頼みを聞いてくれるか」

「若様。壁に耳あり、障子に目あり、という諺《ことわざ》もございまする。滅多なことはおっしゃいますな」

茜は襖の外にいる近習に当てつけるように言った。その拍子に身じろぎする気配もあった。

「あの者達のことなら案ずるな」

良昌は襖に眼をやって言う。

「念のためでございまする。刑部は、若様がおっしゃりたいことは、ようくわかっております る」

「本当か」

つっと膝を進める良昌の表情が切羽詰まっていた。

「ただし、刑部は、隠居なさるお方のお傍にいたくはございません。上様にお目通りなさり、次期藩主とお認めいただいたあかつきに、わたくしは若様のお頼みを改めて聞きとう存じまする」

それは良昌を励ますための方便だった。

「そ、そうか。ならばわしもがんばる。刑部、きっときっとわしの頼みを聞いてくれるな」

「はい、喜んで」

そう言った茜の胸に冷たい風が吹いた。

うそを言ったつもりはなかったが、本当の気持ちだったとは言い難い。良昌は安心したように、それ以後は藩の人間のおもしろおかしい話を語って茜を笑わせてくれた。

三

下屋敷に戻ってから鶴子は良昌とどんな話をしたのかとは訊かなかった。良昌と二人きりにしたことで茜が内心で腹を立てていると思っていたからだろう。むろん、腹は立っていた。良昌は茜に側室になることを承知してほしいと匂わせていた。それをやんわりと回避できたのは自分でも上出来だったと茜は思う。だが、良昌に徒に望みを抱かせてしまったのではないかと後悔もよぎる。良昌が上様とお目通りが叶い、めでたく次期藩主と決まったあかつきに茜は覚悟を決めなければならないのだ。

実家の両親はそれを聞けば、大した出世だと大喜びするだろう。三十俵二人扶持の町方同心の娘が大名家の側室となるのだから。正室とはならないのも茜には不満だった。正室となるべき人は京の公卿《くぎょう》から輿入れする仕来たりだという。だから側室なのか。良昌がこのまま何事もなく過ごし、二十代となれば、藩はしかるべき女性を京から迎えることも考えるはずだ。そうなった時の自分は平静でいられるかどうか自信がない。町家の人間と違い、簡単に離縁することなどできない。上屋敷に与えられた部屋で鬱々と過ごす自分が容易に想像できた。それは本来の自分のあるべき姿ではないはずだ。では、いったい自分はこの先、どうしたいかに茜は思いを巡らす。

すると伊与太の顔がぽっと浮かんだ。伊与太が早く一人前の絵師となり、画料が取れるようになれば茜は迷うことなく伊与太の懐に飛び込んで行ける。暮らしに不足を覚えるようなら、どこか町道場につてを求め、子供達に剣術の指南をしたい。ああ、そうなったら、どれほど毎日が楽しかろう。伊与太とは遠慮会釈のない会話をしながら過ごすのだ。茜にとって、それがささやかな夢だった。その夢は誰にも語ってはいない。今は伊与太にすら口にできない。伊与太を焦らせるだけだ。しかし、松前藩と関わりのない人間に茜はその夢を語ってみたい気がした。

兄上――ふと龍之進のことを思い出した。

龍之進なら笑って聞いてくれそうな気がする。悪態ばかりついていたが、茜にとって、たった一人の兄である。だが、と茜は思い直す。龍之進はもはや自分だけのものではない。きいという妻と栄一郎という息子がいる。龍之進はその二人を自分より大事に考えているはずだ。語れない夢は宙に浮き、茜は孤独を嚙み締めていた。

良昌の見舞いを終えた鶴子は、そろそろ花見に出かけようと心積もりしていたようだ。上野は場所柄、酒を飲んで騒ぐことや、鳴り物などは禁止されている。女同士で静かに桜を愛《め》でるにはふさわしい。その一方、向島に繰り出し、弁当を拡げて楽しむことにも鶴子は気を惹《ひ》かれているようだ。どこがよいかと茜は鶴子に訊かれ、ご隠居様のお望みの場所へお伴致しまする、と笑って応えていた。

しかし、楽しい花見の計画は頓挫《とんざ》した。上屋敷から使者が訪れ、良昌の危篤を伝えたのだった。使者が訪れたのは夜の四つ（午後十時頃）に近かったので、鶴子はすぐに駆けつけず、朝を待つことにした。町木戸が閉じていては通行にも支障を来たすからだ。それでも夜明けと同時に出かけるつもりで、夜の内から、あれこれ用意を調えていた。

茜も大層心配で、一旦は床に就いたが眠られず、一刻（約二時間）もすると起き上がり、身仕度して鶴子から声が掛かるのを待っていた。

だが、七つ（午前四時頃）に再び松前藩の使者がやって来た。緊急の事態が発生したようだ。使者は一刻も早く鶴子に伝えようと、町木戸の木戸番に事情を話して通行したものか、あるいは別の方法をとったのだろう。悲鳴に近い鶴子の声が聞こえると、茜は自室を飛び出した。

「ご隠居様……」

鶴子の部屋の前で遠慮がちに声を掛けると、楓が赤い眼をして顔を出した。

「何かございましたでしょうか」

おそるおそる訊くと、楓は後ろを振り返り、鶴子と眼を合わせた。鶴子は肯いた様子である。

「若様がお隠れあそばしたそうです」

楓は低い声で良昌の死を伝えた。途端、茜の後頭部にチリチリと痺《しび》れが走った。すぐには信じられない気持ちだった。

「茜、お入りなされ」

鶴子は湿った声で言った。中に入ると、鶴子の前に中年の家臣が座っていた。確か馬《うま》廻《まわ》りを務める男だった。男は茜が入って行ったのを潮に、それでは拙者、急ぎますのでと、そそくさと腰を上げた。

使者が帰ると、しばらく鶴子は呆然自失の態《てい》だった。茜もすぐに悔やみの言葉など出るものではなかった。茜は黙ったまま俯いていた。

やがて鶴子は口を開いた。

「先日のお見舞いの時は、お床に起き上がり、わたくしにお言葉を掛けて下さいましたのに。それから何日も経たない内に、このような仕儀になるとは夢にも思っておりませんでした。茜、そなたに心当たりはございましたか」

「いいえ」

「全く？　虫の知らせのようなことも？」

「はい」

そう応えると、鶴子はため息をついた。

「それでは、今後について何か折り入ったお話でもなさいましたか」

「弟君に家督を譲り、ご自分はこの下屋敷で過ごしたいとおっしゃっておりました」

「それで、そなたは何んと応えたのですか」

「いえ、特には」

「なぜ、何も言わなかったのですか」

鶴子は詰る口調になった。

「若様がお決めになることに、わたくしは異を唱えることなどできませんので」

「なるほど。しかし、良昌殿はそなたがこの下屋敷にいるからこそ、そう望まれたようにも思いますが」

「………」

「そなたを側室に望んでいるようなことも、おっしゃいませんでしたか」

「いいえ」

そう応えると、鶴子は楓と顔を見合わせた。

良昌の近習から何か聞かされているようなふしも感じられた。

「皆々、早とちりをなさっているようですね。良昌殿の周りの者は、そなたが側室を承知したような発言をしたと言っておりましたのに」

鶴子はまた、ため息をつく。

「若様は、側室のその字もおっしゃってはおりません！」

茜は思わず声を荒らげた。茜様、と楓が制した。

「わたくしは詮索しているつもりはないのですよ。もしもお二人の間で、そういう話が出ていたとすれば、ご葬儀でのそなたの立場も変わって来るからなのです」

鶴子は宥める口調で茜に言う。

「わたくしはご隠居様の警護役でございまする。それ以上のことはございません」

「わかりました。良昌殿がお隠れになった今、何を申しても詮《せん》のないこと。そなたはご葬儀でも、わたくしの警護役に徹して下さればよろしい」

鶴子は決心を固めたように言った。茜は承知致しました、と低い声で応えた。

しかし、夜明けとともに鶴子の伴で上屋敷に着き、茜が輿の傍で蹲《うずくま》っていると、老女藤崎が玄関に現れ、刑部殿、若様に最後のお別れをなされませ、と命じた。有無を言わ

せぬ態度だった。茜が返す言葉も見つからず俯いていると、

「若様にとって、そなたは思い人。お別れの挨拶もせねばお悲しみになりまする」

と藤崎は続けた。

思い人という言葉が茜の胸に突き刺さる。このような時に、このような場所で艶めいた言葉は遣われたくなかった。鶴子の伴の中には驚いたり、苦笑めいた表情になったりする者がいた。

「わたくしはご隠居様のお伴で参りました。若様に最後のご挨拶をするなど僭越至極でございまする」

茜は、きッと顔を上げ、藤崎に言った。

「いつまで経っても、そなたの気性は変わっておりませぬな。これは藩命と受け取られよ」

藤崎は、むっとして決めの言葉を言い放った。そちらこそ、相変わらずのご気性と口を返したかった。できるはずもないが。

「茜様、ここは藤崎様のおっしゃる通りになさって」

女中の一人が険悪になった空気を和らげようと茜に言った。悔し涙が込み上げた。

「もうこれ以上、茜様のお心を煩《わずら》わすようなことはございません。ですから、安心なさって」

小福《こふく》という名の二十歳の女中は茜を慰めるように言った。陸尺の男達も小福に同調するかのように肯く。

「わかりました」

茜はそう言って腰を上げ、藤崎の後から御殿の中に入った。

長い廊下を進み、良昌の部屋に着くと、女中達の啜り泣きの声が聞こえた。促されて部屋の中に入った茜だったが、良昌の顔に掛けられた白い布を見た途端、胸が詰まった。

口許に掌を当てて嗚咽《おえつ》を堪えようとしたが、押さえられなかった。藤崎はそんな茜に仇《あだ》するかのように背中を押す。くうっと喉が鳴る。はらはらと涙がこぼれる。鶴子は良昌の枕許に座っていたが、つと立ち上がり、茜の手を引いた。

「ささ、良昌殿は、さぞかしそなたを待っていたと思いまする。今は余計なことを考えず、ただただ、良昌殿のご冥福をお祈りなされ」

鶴子の言葉に茜は平静を保てなかった。自分の立場も忘れ、鶴子の胸に縋り、声を上げて泣いた。茜につられて、傍にいた者も泣き声を高くした。

その日、朝から晴天だった。かっと照りつける陽射しは夏を思わせるようだった。せめて曇天《どんてん》か、雨でも降れば心は落ち着いていられるのに。茜は明る過ぎる陽射しを恨みながら泣き続けたのだった。

四

起床した龍之進の気持ちは冴《さ》えなかった。

いやな夢を見ていた。茜が真っ青な顔をして、何か言いたげに龍之進を見ていたのだ。

「茜、どうした」

訊いても茜は応えない。その内にくるりと背を向け、小走りに去って行った。

茜の夢など、ついぞ見たことはなかった。自分の務めと生まれた息子に気を取られ、家から離れている妹のことは半ば忘れていた。だから、その夢のことがひどく気になった。

母親のいなみに、近頃、茜から手紙があったかと訊くと、正月に年頭の挨拶をしたためた手紙があった切りで、近頃はございません、と応える。

「そうですか……」

「何か気になることでも？」

「いや、何んでもありません」

龍之進はそう言って、髪結い職人の伊三次と九兵衛が待つ縁側に向かった。それから奉行所に出仕したが、茜のことが気に掛かっていた。

それらしいことに察しがついたのは、茜の夢を見てからひと廻り（一週間）も経った頃だった。隠密廻りの緑川鉈五郎が、松前藩で不幸があったようだと教えてくれたのだ。鉈五郎は市中を探索している途中、下谷界隈の料理茶屋から、その情報を仕入れたらしい。花見の季節には毎年、松前家から花見弁当の注文があるのに、今年は全くないという。

これは花見ができない事情ができたせいだろうと料理茶屋は考えていた。

「松前藩の殿様は、ただ今はお国許《くにもと》にいらっしゃり、そろそろ参勤交代で江戸へおいでになる頃だと思う。旅の途中で殿様に何かあったとか？」

茜が奉公しているので、龍之進も他藩より松前藩の事情を少しは知っていた。

「いや、料理茶屋のお内儀の話では嫡子が病を得て臥せっているとのことだった。回復すれば祝いとして、紅白の饅頭なども配るはずだが、その様子もなかったそうだ」

以前、いなみは、茜が松前藩の若君の覚えもめでたく、何かと引き立てて貰っているという手紙が届いたと嬉しそうに話していた。

「松前藩は世継ぎ問題で揉めていたから、もし嫡子に何かあったとすれば、これで世継ぎ問題も一件落着となるだろう」

鉈五郎は訳知り顔で続けた。大名家での葬儀は秘密裡《り》に進められる場合が多い。跡継ぎが決まっていない内に藩主が亡くなると、石高が半減される例がこれまでもあった。

それゆえ、藩の上層部の人間はあれこれと策を考えるのだ。

茜の夢のことを思い出す。不幸があったとすれば藩主ではなく、嫡子だろうと龍之進は察した。もしも藩主だとすれば、松前藩は大名としての体裁《ていさい》も繕《つくろ》えなくなる恐れがある。それもまた心配だが。

「おぬしの妹も、しばらくは葬儀で気の休まる暇もないことだろう」

「それは妹の務めだから仕方もござらん」

「大名・旗本の女中奉公というのも、これでなかなか大変なものだの。仕度ひとつにも半端でもない金が掛かる。おれは娘を女中奉公などさせん」

「案ずるな。おぬしの娘のどちらかは養子を迎えて家を継ぐ宿命《さだめ》だ。同心の女房になるのに大名や旗本の女中奉公は必要ない」

龍之進がそう言うと、鉈五郎は声を上げて笑い、いかさまな、と言った。

それにしても、と龍之進は思う。気が進まぬ縁談を断るために茜は松前藩へ奉公に上がったのだが、務めの厳しさは身に滲みていることだろう。辛かったら、いつでも戻って来い、と龍之進は言いたかった。しかし、もはや気軽な口を利ける情況にはなかった。

龍之進は茜が不憫でたまらなかった。母親や妻のきいに言って、何か茜を喜ばせるような品を届けたいと思う。さしずめ、茜が好んでいた菓子などがいいだろう。わたくしはもっと上等の菓子をいただいておりまする、このようなお気遣いはご放念下さいますように、と憎まれ口を叩きながら、それでも嬉しそうな顔をするのが想像できた。

松前藩の不幸を明確に知らされないまま、日は過ぎて行った。近頃、日本橋・新場の魚問屋「魚佐」の近くに足場が掛けられ、新築の工事が始まった。それは魚佐の主が娘のために張り込んだ家だった。三十坪の敷地ながら二階建てで、狭いながらも庭もつけるという。

娘が祝言を挙げたら、その連れ合いと両親が住むことになる。祝言は家ができ上がった頃の五月か六月の初め。連れ合いとなる九兵衛は果報者、果報者と人に言われて腐っていた。手伝いをしている京橋・炭町の「梅床」の職人からは、どんな手を遣ったと度々訊かれ、返答するのにも困った。

「やになりますよ、全く」

九兵衛は愚痴を洩らすようになった。

「皆、やっかんでいるのよ。気にするな。魚佐のおてんちゃんを女房にするからには、この先もあれこれ言って来る者がいるはずだ。いちいち気にしていたら身がもたねェぜ」

九兵衛の親方の伊三次は慰める。

「それはそうですが」

不破家の髪結いご用を終え、組屋敷の外へ出ると、二人はその日の段取りを話し合う。

伊三次は深川の得意先へ、九兵衛は梅床を夕方まで手伝う。深川へ行く日は帰りが遅くなる。その後、佐内町《さないちょう》の箸屋《はしや》の主と若旦那が寄合に行くので、夕七つ（午後四時頃）過ぎにそちらで落ち合う約束をした。

「しかし、魚佐とは縁が続いていたんだなあ。しみじみ、そう思うぜ」

伊三次は感慨深い表情になって言う。九兵衛は最初、魚佐に奉公に上がったのだ。不都合があって間もなく見世を辞め、伊三次の弟子となったのだ。

「おいらが魚佐の奉公人だったら、おてんちゃんと祝言を挙げるなんざ、できない相談でしたぜ」

「それでもよ」

「親方が弟子にしてくれたお蔭ですよ」

「いや、二人のことはおれに関係ねェよ。おてんちゃんに見初《みそ》められたお前ェは……」

果報者と言おうとして、伊三次は言葉を呑み込んだ。今の九兵衛はその言葉が真実いやなのだ。

「おいら、覚悟を決めやしたよ。富籤《とみくじ》に当たったたと思や、いいと思ってね」

「おてんちゃんは当たり籤だってか？」

「へい」

「まあ、そのぐらいの気持ちでいるほうがいいだろう。だが、のぼせるなよ。この先、何があるかわからねェからよ。魚佐がどれほど大店でも、十年後、二十年後も見世が繁昌しているとは限らねェ」

「ですよね」

九兵衛は肯く。

「それでな、おてんちゃんと祝言を挙げ、それなりに所帯が続いて、もしも、おてんちゃんの親父が髪結床を構えてもいいと言ったら、そん時は甘えな」

「えっ？」

世間並の心構えを説いた後で、伊三次がそんなことを言ったので九兵衛は驚いた。

「おいらは親方と同じに廻りの髪結いをするつもりですから、床なんて……」

「おれが廻りをしているのは、床を構える器量がなかったからよ。だが、お前ェには後ろ盾となる人ができた。いい機会だ」

「おいらは髪結床の親方を張れる自信がありやせんよ」

「最初はそうでも、続けている内に格好がつく」

「ですが……」

「なに、そん時は及ばずながら、おれも力になるぜ」

「梅床の客が流れたら、あっちの親方も利助さんもいい顔しませんぜ」

「それも世の中よ。梅床の親方は動けねェ身体になっちまってるし、利助にゃ親方を張れる器量はねェ。まあ、その内に親方の倅が戻って来て、梅床を継ぐと言うかも知れねェよ。そうなったら、おれも安心して梅床から手を引くことができる」

「親方はそんなことまで考えていたんですか」

「いや、お前ェがおてんちゃんと所帯を持つことが決まると、そういう流れが見えて来たんだ。九兵衛、お前ェにゃ運がある。きっとうまく行く」

伊三次はきっぱりと言った。九兵衛は信じられない表情をしていたが、なるべくがんばりやす、と応えた。

「なるべくじゃねェ、きっとがんばると言いな」

伊三次は景気をつけた。

五

龍之進が仕事を終え、八丁堀の組屋敷へ戻ると、何んだか家の中がばたばたして落ち着かなかった。普段は晩めしの準備をしている女達が掃除に余念がない。下男の三保蔵も竹箒《たけぼうき》を使って、家の前を掃き清めていた。

「何かあるのか？」

龍之進は中間の和助に訊いた。

「日中、松前藩のお屋敷から手紙が届いておりやした。奥様はそれをお読みになると大慌てになったんですよ」

茜の宿下がりを許されたのだろうか。だとしても、それほど慌てて掃除をすることはあるまいと思った。

「ただ今戻りました」

声を掛けると、きいが出迎えに現れ、茜さんが明日、お仕事の途中でお立ち寄りになるそうです、と応えた。

「今からその準備か。おれは早く晩めしが喰いたいのに」

龍之進は不満そうに言う。

「茜さんはお伴の方とご一緒においでになるのですよ。家の中がむさ苦しい状態では失礼になります」

「泊まって行くのか？」

「いいえ、午前中のほんの一刻ほどですよ。お前様はお仕事にお忙しいでしょうが、お役所で申し送りを済ませましたら、ちょっと顔を出して下さいな。茜さんも喜びます」

「うむ」

差し当たり、急な事件も抱えていなかったので、それは無理なことでもなかった。

父親の不破友之進も栄一郎を抱えて、おう、帰って来たか、と玄関に出て来た。すっかり好々爺《こうこうや》の態だ。

「茜が戻って来るそうですね」

「おうよ。何んでもお仕えしている三省院様から買い物を頼まれたそうだ。日本橋の薬種屋と小間物問屋で用事を済ませた後で、近くのことゆえ、八丁堀まで足を伸ばすということだ。宿下がりと言うほどのことでもねェが、奉公に上がって二年も経つので、三省院様が気を遣って下さったんだろう」

「なるほど」

龍之進は得心した顔で雪駄を脱ぎ、家の中に入った。入って間もなく、出入りの菓子屋が菓子折の十《とお》ばかりを届けに来た。茜に持たせる土産だろう。母親のいなみはうきうきした顔でそれを受け取っていた。

やれやれと龍之進は嘆息した。茜のことを気にしていたくせに、いざ、こうなると煩わしさが先に立つ。人は勝手なものである。

ようやく掃除にけりがつき、晩めしとなったが、龍之進以外は誰しも上の空で、茜の話ばかりする。きいは栄一郎を見せられるので特に嬉しそうだった。

どんな姿で現れるのかも家族の注目の的だった。大名家の女中ともなれば、着物の上に緞子《どんす》の打ち掛けを羽織り、結い上げたばかりのような高島田で、静々と乗り物を下りて来るだろうと不破は得意そうに話していた。

翌日は朝の申し送りが済むと、龍之進は早々に家に戻った。不破は奉行所に出仕せず、初めから家で待機していた。いなみは客間に座蒲団を用意して、今か今かと待ち構えている。女中のおたつは上等の茶を出そうと、こちらも張り切っていた。

三保蔵と和助は組屋敷の外に出ている。茜は四つ（午前十時頃）過ぎに訪れることになっていた。まだ、かなり間があるというのに、二人は待ち切れず、外に出ていたのだ。

不破家の家族の期待は高まる一方だったが、肝腎の茜はなかなか現れなかった。いい加減、待つことに倦《う》んだ頃、ようやく和助が、いらっしゃいました、と甲高い声を上げた。家族は争うように玄関前に出て行った。

茜は緞子の打ち掛けでもなく、頭は高島田でもなかった。乗り物にすら乗っておらず、徒歩《かち》で不破家に戻って来た。松前藩の家紋の入った紋付に仙台平《せんだいひら》の袴、それに小太刀を一刀たばさんでいた。それは奉公に上がる前の茜の姿と寸分も違わなかった。だが、利かん気だった表情は鳴りを鎮《しず》め、大人びて落ち着いた様子に見えた。

「ただ今、戻りました。ご無沙汰しておりました。皆々、お元気そうで」

艶冶《えんや》な微笑を浮かべて頭を下げる。

「おう、茜。女ぶりが上がったの」

不破は照れたように言う。それはお世辞でもなく、龍之進もそう思った。茜の後ろには下男が一人控えているだけだった。想像していたよりははるかに質素な出《い》で立ちだった。それでもいなみは感激して涙ぐんでいる。おたつも同様だった。

下男は上がれと言っても遠慮した。それで和助が中間固屋《ごや》へ促し、そこで茶など振る舞う様子だった。

茶の間に入ると、いなみとおたつは並べた座蒲団を片づけた。

「大人数でやって来ると思われたのですか」

茜はそれを見て呆れたように言う。ええ、まあ、といなみは曖昧に笑った。

「藩でご葬儀があり、色々と忙しい日々を過ごしました。三省院様は、わたくしを慮り、たまに両親に顔をお見せしろと、わざわざ用事を作って下さったのです」

おたつの淹れた茶をひと口飲んでから茜はそう言った。

「何んとお優しいお心遣い」

いなみはまた涙ぐむ。

「苦労しているのではないか」

龍之進が口を挟むと、茜は、いいえ、と首を振った。

「先日、お前の夢を見たから、気になっていたのだ」

「どのような夢ですか」

「いや、大したことではない。おれに何か言いたそうな顔をしていたが、何も言わずに去って行っただけの夢だ」

そう言うと、茜はふっと笑う。

「正夢だったのかも知れませぬ。兄上には申し上げたいことがございましたが、もはやその必要もなくなりました。ご案じなさらなくて結構ですよ」

「そうか……」

その時、眠っていた栄一郎が眼を覚ましたらしく、ぐずっている声が聞こえた。きいは慌てて栄一郎の傍に行き、抱き上げて戻って来た。

「茜さん、栄一郎です。その節は立派な鯉幟をいただき、ありがとうございます」

言いながら、きいは茜に栄一郎を差し出した。抱いてやってほしいという仕種だった。

茜は、とまどい、いなみの顔を見る。

「あなたの甥ですよ」

「わたくしの甥……」

腕に抱えると、ずっしりとした重みがあった。命の重みでもあったろうか。それと同時に良昌の最期の顔も頭に浮かんだ。僅か十六歳で散ったはかない命だった。

うっと喉が鳴る。茜は堪え切れずに泣いた。家族はそれを感激の涙と受け取ったようだ。

いや、確かに様々なことがあった茜にとって、栄一郎の顔を見たことは感激であったが、それだけではなかった。人見知りした栄一郎も茜の涙に呼応したように激しく泣いた。きいが慌てて栄一郎を受け取ろうとしたが、茜はいやいやと首を振って、そうさせなかった。

「何んと、朝から愁嘆場《しゅうたんば》だの」

不破はそんなことを言う。いなみが無理やりという感じで茜の腕から栄一郎を取り上げると、きいに渡した。

「お務めが辛かったら、いつでもお戻りになっていいのですよ。無理をすることはありません。あなたは今までよく務めました。それは十分にわかっております」

何も言わずとも、いなみには茜の心の内が理解できているようだ。

「ありがとうございます。でもわたくしは今しばらくお務めを続けます」

茜はくぐもった声で、それでも応えた。それを聞いて不破家の家族は誰しも心底安堵した。いつの間にか花見の季節も終わり、これから鬱陶しい梅雨《つゆ》を迎える頃となった。柔らかい陽射しが外から降り注ぐ。茜は、ぐすっと水洟を啜ると、何か甘いものがいただきたいと、甘えるような声でいなみにねだった。

紫陽花や　きのふの誠　けふの嘘

正岡子規

花《はな》紺《こん》青《じょう》

一

江戸は梅雨《つゆ》に入っていた。毎日毎日、しとしとと雨が降り続く。八丁堀・玉子屋新道にある伊三次の家では茶の間の長押《なげし》のところに麻紐《あさひも》を張り、そこへ洗濯物を干しているありさまだった。

「いやだねえ、全く。胸の中にまで黴《かび》が生えそうだよ」

長火鉢の前に座り、伊三次の女房のお文が煙管《きせる》を使いながら、くさくさした表情で言う。

茶漬けを掻き込みながら伊三次はくすりと笑った。伊三次は午前中、日本橋周辺の得意先を廻り、中食《ちゅうじき》を摂《と》りに家に戻ったところだった。女中のおふさは伊三次に茶漬けを出すと、傘を差して買い物に行った。この雨だから、そう遠くまでは行けないとこぼしていた。

「手前《てめ》ェも年だな。梅雨の時期になると毎度同じ台詞《せりふ》をほざいていやがる」

伊三次はからかうように、お文に言った。

「だってさあ、台所の柱にも黴が生えているんだよ。それを見ると気色が悪くて、つい愚痴《ぐち》も出るというもんだ。おふさだって、よく気の毒でもなく降ると、しょっちゅう言っているよ」

「梅雨はその内に明けるわな」

「いいねえ、そのお気楽な気性は。だけどさあ、こんな鬱陶《うっとう》しい時季に九兵衛の祝言があるなんざ、魚佐《うおさ》も何を考えているんだか」

伊三次の弟子の九兵衛は新場《しんば》の魚問屋《うおといや》「魚佐」の娘ともうすぐ祝言を挙げる。お文は涼しい秋に祝言をしたらいいのにと内心で思っているようだ。

「家も建ったんだし、さっさと祝言して一緒に暮らしたほうがいいと魚佐の旦那は考えているんだよ。夏のさなかの祝言よりましじゃねェか」

魚佐の主《あるじ》は娘のために新しく住む家を建ててくれた。そこへ九兵衛と九兵衛の両親も一緒に住む。何んとなれば九兵衛は一人っ子で他にきょうだいもいないから、それは当然の流れである。

「それはそうだが、雨に降られたら着物が濡れちまうよ。山王《さんのう》（権現《ごんげん》）さんで式を挙げ、披露宴は呉服橋御門外《ごふくばしごもんそと》の樽三《たるさぶ》だ。招待する客も二百人を超えるという話だ。豪勢なもんじゃないか」

お文の声に皮肉が感じられる。「樽三」は江戸でも指折りの料理茶屋である。髪結い職人の祝言なら、もっと質素にすべきだとお文は思っているのだろう。だが、九兵衛の相手となるおてんは魚佐の娘だ。魚佐は大店《おおだな》だから、しみったれたこともできないとおてんの両親は考えているようだ。その気持ちは伊三次にもよくわかる。

「仲人《なこうど》をしなくていいだけでも、おれは気が楽だぜ」

それは伊三次の正直な気持ちだった。最初、おてんの父親は九兵衛の親方である伊三次に仲人を引き受けてくれないかと言った。しかし、伊三次は魚佐のつき合いの広さを考え、もっとふさわしいお人に頼んで下せェと断っている。

「わっちはそれもおもしろくないんだよ。たとい相手が魚佐の娘だろうが、主役は九兵衛だ。お前さんが遠慮して断ると、待ってましたとばかり魚河岸の旦那を仲人に立てた。いや、九兵衛の親方だから、ここは是非とも仲人になってくれと言えないものだろうか」

「いいじゃねェか。どうせおれは仲人の挨拶なんて苦手だし、内心じゃほっとしてるのよ」

「お前さんがそれでいいなら、わっちも四《し》の五《ご》の言わないけどさ、最初《はな》っから魚佐に仕切られちまっている。九兵衛もこの先、大変だよ」

「なるようになるさ」

「岩さんとお梶さんもおてんちゃんが嫁に来ることになって、さぞ気が重いことだろう」

お文は九兵衛の両親の気持ちを慮《おもんぱか》る。

「そんなことはねェさ。何しろおてんちゃんは九兵衛にぞっこんだ。それで十分だとおれは思っている」

「女房の実家に家を建てて貰って、落ち着かないだろうね」

「何言いやがる。この江戸じゃ一生、家を持てずに裏店《うらだな》住まいで終わる人間がごまんといるんだ。女房の実家の援助だろうが何んだろうが、一軒家に住めるのは倖せなことだ」

「まあ、それはそうだが。しかし、あの九兵衛がまさか魚佐の娘を女房にできるとは、お天道様でもご存じあるめェってもんだよ。九兵衛はあれでよい運を持っていたのかも知れないね」

「最初におれに髪を結ってくれとやって来た時のことはよく覚えているよ。それから色々あっておれの弟子になった。まさかここまで続くとは正直、思っていなかったぜ」

「利《き》かん気な顔をして生意気なことばかり言っていた。でも、わっちは可愛かったよ」

「お前ェの言うことはよく聞いたしな」

「ああ。九兵衛がいなかったら伊与太を育てることも大変だっただろう。わっちはお蔭で助かったよ」

お文はしみじみと言う。

「伊与太は、ちゃんと修業しているだろうか」

伊与太の名前が出て、伊三次は俄《にわか》に絵師の修業をしている息子のことを思い出した。

「おてんちゃんに頼んで、この間、塩引《しおび》きを届けさせたのだけど、うんともすんとも返事がないよ。薄情な倅《せがれ》だよ」

お文は不満そうだ。

「実の母親にいちいち礼なんざするものか」

「師匠の引き立てで絵師としてものになればいいけどさ。そうじゃなかったら、この先、どうするんだか。今さら髪結いもできないだろうし」

「それは伊与太が決めることだ。おれ達が心配しても始まらねェわな。さてっと、おれはこれから梅床《うめどこ》に行って、客の頭をやっつけるわ。お前ェは今夜、お座敷があるのけェ？」

「梅床」は伊三次の姉の連れ合いが営む髪結床《かみゆいどこ》で、九兵衛は日中、そこを手伝っている。

伊三次も時間があれば梅床に顔を出していた。

「あるよ。この雨だから客の出足も鈍《にぶ》るだろうが」

「せいぜい、九兵衛に出す祝儀を稼《かせ》いでくれよ」

「呆れた。女房の稼ぎをあてにするなんざ、ひどい亭主だ」

「おれはしがねェ髪結い職人よ。売れっ子芸者の文吉《ぶんきち》姐さんには敵《かな》わねェよ」

伊三次は、にッと笑って腰を上げた。

二

田所町《たどころちょう》の歌川国直《うたがわくになお》の家に最近、新しい弟子がやって来た。国直は弟子を持つ身分ではないと日頃から言っているので、芳太郎《よしたろう》という十六歳の若者は表向き、伊与太と同じように居候《いそうろう》、もしくは食客《しょっかく》ということになる。だが、歌川派の他の絵師達は国直の羽振りがいいから、若いくせに二人も弟子を抱えていると陰では噂しているようだ。国直は、まだ二十四歳である。

芳太郎がやって来て、伊与太の気持ちは穏《おだ》やかでなかった。今まで国直と二人、きょうだいのように過ごしていたものが、急に風向きが変わって来たように感じられたからだ。

芳太郎は伊与太より年下だが、国直が眼を掛けるぐらいだから、その才には並々ならぬものがあった。見掛けはどこにでもいる若者の一人だ。さして男前でもないし、人の気を惹《ひ》くような話をする訳でもない。だが、いざ筆を執《と》ると顔つきが変わる。芳太郎の得意は武者絵《むしゃえ》にあった。

幼少の頃から絵を学び、七、八歳になると北尾重政《きたおしげまさ》や北尾政美《まさよし》の画集を写していたという。十二歳の時に『鍾馗提剣図《しょうきていけんず》』を描き、それが歌川豊国《とよくに》の眼に留《と》まり、入門を許された。だが、芳太郎は途端に行き詰まった。

絵の道具は存外に金が掛かる。おまけに師匠へ月謝も納めなければならない。親からの援助が期待できない芳太郎は途方に暮れた。国直はそんな芳太郎を見かねて自分のところに引き取ったのだ。

芳太郎を見て、どんな世界でも極上上吉《ごくじょうじょうきち》、上吉、吉、並《なみ》、並の下《げ》があると伊与太は悟った。極上上吉はほんのひと握りである。上吉の部類も稀《まれ》であろう。おおかたは吉と並ばかりだ。並の下は問題外だが、世の中に通用するのは実に極上上吉の人間ばかりで、それ以外はないと言っても、過言ではないだろう。

芳太郎は、極上上吉の部類に匹敵《ひってき》すると伊与太は思っている。恐らくは数年の内に芳太郎の名前は世に聞こえるところとなろう。そんな気がひしひしと感じられた。自分も芳太郎と変わらぬ年月、絵を描いて来たはずだが、二人の間には歴然とした差があった。

芳太郎が極上上吉なら今の自分は吉、いや並だと思う。もしかして並の下かも知れない。

精進しても極上上吉に行けるかどうか。上吉さえも心許《こころもと》ない。

国直はすでに一家を成《な》す浮世絵師だから、今までことさら自分との差を考えたことはなかった。

そう考えることすらおこがましいと思っていた。天下の国直だから、うまくて当たり前だと。だが、芳太郎は、立場的には自分と同等だ。同等だが、才は明らかに違う。

それが伊与太を落ち着かなくさせていた。

いっそ、お前に才はないから、さっさと絵を諦めて他の道に進めと国直に言ってほしかった。

だが、国直は、そんなことは言わない。黙って見ているだけだ。そのくせ芳太郎にはかなり厳しいことを言う。見込みがあるから厳しくもなるのだと伊与太は思う。どうしたら絵の才を身につけられるのだろうか。

それを知りたくて、伊与太は芳太郎の来《こ》し方《かた》をあれこれ訊《たず》ねたが、これと言った答えは得られなかった。

芳太郎は銀座一丁目で生まれているが、自分は甲州《こうしゅう》の産だと言っていた。父親は紺屋《こうや》を営んでいたらしい。両親の事情は詳しく話さなかったが、どうやら両親は夫婦別れして、母親は江戸に戻って来て芳太郎を産んだらしい。

女手ひとつで育った芳太郎だから大師匠の豊国に入門を許されても修業に支障を来た

したのだろう。

「鍾馗提剣図はどんな経緯《いきさつ》で描いたんだい」

晩めしに使った食器を一緒に洗いながら伊与太は芳太郎に訊《き》いた。

「武者絵は好きでよく描いていましたからね。ちょうど、疱瘡《ほうそう》が流行していた頃、近所のおかみさんに疱瘡除《よ》けに鍾馗を描いてほしいと頼まれたんですよ。おかみさんには小さい子供がいたんですよ。そのおかみさんとうちのお袋が親しかったので、お袋が描いておやりと言ったんですよ」

「鍾馗って五月人形にもあるよね。唐の武将ということはわかるが、どんな奴なんだい」

そう訊くと、芳太郎は面喰らった表情で眼をしばたたいた。そんなことも知らないのかという表情にも思えた。伊与太はつかの間、恥ずかしさで顔が熱くなった。だが、芳太郎は伊与太の無知を笑わず、鍾馗は唐の疫病《えきびょう》を防ぐ鬼神ですよ、と言った。

唐の玄宗皇帝《げんそうこうてい》の病床に鍾馗と名乗った男が現れ、それ以後、皇帝の病《やまい》は快復したという。

皇帝は画工の呉道子《ごどうし》にその像を描かせた。

濃い髭《ひげ》、ぎょろりとした眼を持ち、腰に剣をたばさんでいる。玄宗皇帝の病魔を祓《はら》った経緯から、わが国でも男の子の息災《そくさい》を願い、五月人形に拵《こしら》えたり、朱刷《しゅず》りにして疱瘡除けの護符《ごふ》にも使われている。

「芳太郎はもの知りだね」

伊与太が持ち上げると、そんなことは本を読めばわかると応《こた》え、さして嬉しそうでもなかった。お前に褒《ほ》められても仕方がないと思っていたのかも知れない。母親の知り合いに描いてやった絵があまりに見事だったので、評判が評判を呼び、ついに歌川豊国の眼に留まったのだろう。それだけでも伊与太は自分と違うと思う。伊与太は最初、豊国に入門を願ったが断られている。

「うちの先生に拾われなかったら、おいらは絵を諦めていたかも知れない。絵草紙屋《えぞうしや》の手代にでもなるしかありませんでしたよ」

だが、芳太郎はそんなことを言う。

「よかったね。芳太郎には運があったんだよ」

「そうですかね。伊与太さんはどういう経緯で先生の弟子になったんですか」

「最初は芝《しば》の歌川豊光《とよみつ》という師匠の弟子だったんだが、師匠が病で亡くなると、ちょうど悔《く》やみに来た先生に、行く所がないなら自分の家に来いと誘われたんだよ。手彩色《てさいしき》でも手伝ってくれとおっしゃったのさ」

「歌川豊光って知らないなあ」

「あまり売れていなかったからね。でも、丁寧な仕事をする人だったよ」

「ここだけの話だけど、先生には内緒にして下さいね」

芳太郎は幾分、声をひそめた。

「何んだよ」

「おいら、本当は北斎《ほくさい》先生の弟子になりたかったんですよ。あの人の絵は震えが来るほどいい」

芳太郎は眼を輝かせた。葛飾《かつしか》北斎は押しも押されもせぬ当代一の浮世絵師である。

「内緒にしなくてもいいよ。うちの先生も北斎先生を慕《した》っていて、時々、お顔を見に伺うのさ。おいらも何度か本所《ほんじょ》の亀沢町《かめざわちょう》のお宅に連れて行って貰ったことがあるよ」

「いいなあ。羨《うらや》ましいなあ。おいらも連れて行ってくれないだろうか」

「その内に機会も巡《めぐ》って来るさ。楽しみに待っているといいよ」

「本当かい、伊与太さん」

「ああ、本当だ」

「北斎先生に手前ェの描いた絵を見てほしいのさ」

「えっ？」

伊与太は驚いた。芳太郎に才はあるが、所詮、修業中の身である。それなのに北斎に批評を仰《あお》ぎたいとは大した度胸である。

「自信があるんだね。いっそ羨ましいよ。おいらは手前ェの絵を北斎先生に見せる勇気はない」

伊与太はちくりと皮肉を込めた。

「伊与太さんは自信がないんですか」

「ああ、まだない」

「だったらどうして絵の修業を続けているんですか」

芳太郎は不思議そうな表情で訊いた。

「どうしてって、絵を描くのが好きだからだよ。うちの先生も北斎先生も今はそれだけでいいとおっしゃっていた」

「結構、呑気《のんき》ですね。うちの先生は、伊与太さんの年頃には、戯作者《げさくしゃ》から眼を掛けられて挿絵《さしえ》を注文されていたそうですよ」

呑気と言われて伊与太は気が滅入った。

「先生とおいらは違うよ。手前ェに絵の才があるのかどうかもわからないし」

「生意気なことを言うようですが……」

芳太郎は上目遣《うわめづか》いで伊与太を見た。

「ああ、何んでも言ってくれ」

「伊与太さんの絵はきれいで品があるけど、何かひとつ足りないものがあるような気がするんですよ」

「………」

　伊与太は戸棚に食器を収めながら黙って芳太郎の話を聞いた。

「そいつは何んだろうなあ。かあっとこちらの胸が熱くなるようなものがないんですよ。きれいで品があって、だからどうしたって感じですかねえ」

　痛い所を突かれ、伊与太の心は傷ついた。芳太郎は悪い奴ではないが、絵に関してはずけずけと言う。兄貴分の伊与太にも、それは許されると考えているらしい。

「絵の才がないってことだろう」

「それを言っちゃおしまいですよ。せっかくうちの先生の弟子になったんですから、手前ェで工夫するしかありませんよ」

「お前は工夫があるからいいよな」

　思わず斜《しゃ》に構えた言葉になった。芳太郎はさすがに言い過ぎたと思ったのか、すんませんと謝った。

「別に謝ることはないよ。この世界は実力がものを言う。おいらは、手前ェのことはわからないが、人のことなら何んとなくわかる。芳太郎はきっとその内に一廉《ひとかど》の絵師になると思うよ」

「本当ですか。お愛想はいりませんよ」

「お愛想なんて言うものか。うちの先生も芳太郎には大いに期待している。その期待に応えて精進することだ」

伊与太はそう言うと、流しの水気を拭《ふ》き、後片づけを仕舞いにした。心細い気持ちになると、ふと実家の家族が思い出される。そう言えば九兵衛の祝言があるという。九兵衛が祝言することは塩引きを届けに来た魚佐の奉公人が喋っていた。塩引きは大層うまくて、国直は大喜びだった。近頃はその塩引きを焼いてほぐした茶漬けばかりを食べている。塩引きは母親の心遣いだ。もちろん、伊与太もありがたいと思っている。だが、国直に伊与太を引き立てて貰いたいがためにそうしたと考えると、気が重い。塩引きの差し入れで伊与太の立場がずんとよくなる訳ではないのだ。それを言えば、気は心という言葉を知らないか、と母親は応えるはずだ。

九兵衛は子供の頃から兄のように世話をしてくれた男だ。父親の弟子という以上に親しい気持ちを持っている。修業中の身では満足に祝儀も出せないが、せめておめでたい絵を描いて届けたいと思い、伊与太は寝る前のひととき、祝いの絵を描き始めた。

謡曲「高砂《たかさご》」から材を取ったもので、白砂の浜辺で翁《おきな》と媼《おうな》が寄り添っている図である。翁は水干《すいかん》に奴袴《ぬばかま》、媼も幅広の袖の被衣《かつぎ》という古式ゆかしい装束をしている。若い九兵衛と連れ合いが、翁と媼になるまで仲睦まじく過ごしてほしいという願いを込めた。これと同じような構図で描いた絵を北町奉行所定廻《じょうまわ》り同心をしている不破龍之進が祝言を挙げる時にも贈っている。大層喜ばれたものだ。きっと、九兵衛も喜んでくれるに違いない。

だが、伊与太の絵を覗《のぞ》き込んだ芳太郎は、ふーんとため息を洩《も》らした。小ばかにしているような感じもあった。伊与太は構わず筆を動かす。

「年寄りの絵が好きなんですか」

芳太郎はそんなことを訊く。

「いや、そういう訳じゃないよ」

「だって、好きだから描いているんでしょう？」

「……………」

「ずっとこんな感じで描くつもりですか」

今度は伊与太が大袈裟《おおげさ》なため息をついた。

ごちゃごちゃ説明するのが煩《わずら》わしかった。

「余計なことですけど、どうせ描くなら若者のほうがいいですよ。あるいはもう少し奇を衒《てら》ってもいいかな。こんな立派な恰好じゃなくて、もの貰いのように汚い恰好をさせ、生きて行くのは切ないという感じを出したらどうですか」

芳太郎がそう言った途端、むっと腹が立った。事情がわかっていないくせに勝手なことを言っている。

「いや、これはこれでいいんだ」

「そうですかねえ。だけど、こういう絵に買い手がつくとは思えないけど……」

「売るつもりで描いている訳じゃないよ」

「じゃあ、何んのために？」

何んのためと訊かれて、つかの間、言葉に窮《きゅう》した。芳太郎は親しい人に祝いの絵を贈ったことがないのかと思った。芳太郎は気分を害した様子の伊与太に怯《ひる》まず続ける。

「伊与太さんだって早く画料を稼げる絵師になりたいんでしょう？　だったら、こんな絵ばかり描いてちゃ駄目ですよ」

「うるさい。早く寝ろ！」

たまらず高い声が出た。その時、国直の足音が聞こえ、障子が開いた。

「騒々しいぞ。どうした」

国直は伊与太と芳太郎を交互に見て訊いた。

芳太郎はその拍子に洟《はな》を啜《すす》り出した。

「伊与太さんの絵に正直な感想を言ったら、突然、怒り出したんです。おいら、何も悪いことはしておりません」

しゃくり上げながら芳太郎は国直に阿《おもね》るように言う。その甘えた様子に伊与太は白けた。

国直は伊与太の描きかけの絵をちらりと見た。

「これは?」

「はい。うちのてて親の弟子が祝言をすることになったので、祝いにおめでたい絵を届けたいと思いまして」

「なるほど。それを芳太郎が横から茶々を入れたんだな」

国直には伊与太の気持ちがわかっているようだ。だが芳太郎は祝いの絵と知って、唐突に泣くのをやめ、「それならそうと最初から言ってくれたらいいじゃないですか。そしたらおいらも余計なことは言わなかったのに」と不満そうに応えた。

「芳太郎は何を言ったんだ」

国直は怪訝《けげん》な表情で訊く。

「そのう、年寄りより若い者を描いたほうがいいとか、いっそ年寄りを描くなら汚い恰好をさせて生きる切なさを出せとか……」

芳太郎の言葉に国直は顎《あご》を上げて笑った。

「小汚い年寄りの絵を届けたら、相手はびっくりするわな。芳太郎、絵師はな、画料を取れる絵ばかり描く訳じゃねェ。時には親戚縁者のために描くことだってある。まあ、浮き世の義理だな。伊与太が描いた絵を相手が喜んでくれるなら、それでいいじゃねェか。ごちゃごちゃ言うな。ほう、きれいで品があるぜ。背景が寂しいから、もう少し何か考えるといい」

国直はそう言って引き上げて行った。浮き世の義理の絵だから、これでいいと国直は言っていた。浮き世の義理じゃない。心底、九兵衛の祝言を喜んでいるから描いているのだ。

伊与太は言えない言葉を胸で呟《つぶや》いていた。

「おいら、それで読めたよ。江戸見物にやって来た者が、土産に絵草紙屋から錦絵《にしきえ》を買って帰りますよね。あんなおもしろくない絵を買ってどうするんだろうと思っていたけど、貰った奴は喜ぶからなんですね。知らなかった」

無邪気に言う芳太郎にまたもや伊与太は傷ついた。自分の絵は江戸見物の土産と同じ程度なのか。才のある者は、ない者の気持ちがわからない。自分は並だ。いや、並の下の絵師だ。絵筆を動かしながら、翁と媼の絵が涙で霞んでくる。それを芳太郎に気取られないように伊与太は唇を強く噛んだ。

三

九兵衛に贈る絵ができあがると、国直はそれを表装しろと伊与太に言った。掛け軸にすれば見栄えがすると。表装には安くない金が掛かる。懐《ふところ》に余裕のない伊与太が返事を渋っていると、国直は太っ腹に表装の掛かりを持つと言ってくれた。伊与太は嬉しくて何度も礼を述べた。

ひと廻り（一週間）ほどで表具師から表装された絵が届くと、伊与太は張り切って京《きょう》橋《ばし》・炭町《すみちょう》の梅床に出かけた。

九兵衛が日中、梅床を手伝っているのは知っていた。伊与太の突然の訪問に九兵衛は驚き、さらに絵を差し出すと感激してどうしていいかわからないという表情になった。

「忙しいのにおいらのために描いてくれたんだな。ありがとよ」

九兵衛はしゅんと洟を啜った。

「なあに。おいら、修業中だから祝儀もまともに出せないんで、せめてこれぐらいさせてくれ」

伊与太は鷹揚《おうよう》に言った。内所（経営者の居室）では、伯父の十兵衛《じゅうべえ》が寝床に半身を起こしていた。十兵衛の顔を見るのも伊与太は久しぶりだった。

十兵衛はいつまで絵をやるのよ、と真顔で訊き、ものにならなかったら、早く髪結いの修業を始めろと言った。伊与太は苦笑いするしかなかった。

「伯父さん、兄《にい》さんはがんばっているんだから、今はそんなこと言わないで」

横から妹のお吉が口を挟《はさ》んだ。妹はありがたい、と伊与太は改めて思う。近頃のお吉は娘らしさが備わって来た。その内にお吉の絵も描いてやろうと心積もりしている。

九兵衛は仕事があるので、祝いの絵を風呂敷に包むと、そそくさと見世《みせ》に戻って行った。

伊与太も長居は無用とばかり、早々に暇乞《いとまご》いした。帰りしなに十兵衛がまたも髪結いの修業を早く始めろと急《せ》かした。敵《かな》わないなあ、伯父さんには、と笑っていなしたが、十兵衛の眼にも伊与太の絵師としての先行きが案じられるのだろう。早く板元から挿絵の注文が来て、皆をあっと言わせたかった。しかし、それはいつのことだろうか。田所町へ戻る道々、伊与太は何度もため息をついていた。


田所町の国直の家に戻ると、芳太郎は妙にうきうきした表情をしていた。

「先生は？」

国直の姿が見えないので、伊与太は訊いた。

「鶴喜《つるき》（書肆《しょし》・鶴屋喜右衛門《つるやきえもん》店）に打ち合わせに行きましたよ。帰りは少し遅くなるそうですから、先に晩めしを喰っていいとおっしゃいました」

「そうか……」

「伊与太さん、おいら歌川の大先生から雅号をいただきました」

芳太郎は、突然、そう言った。黙っていられなかったらしい。

「えっ？」

その拍子に伊与太の胸は硬くなった。

「鶴喜は武者絵を出す計画があるそうで、先生に頼みに来たんですよ。先生はその中に鍾馗の絵を入れたいと考え、おいらにやってみないかとおっしゃったんです。たった一枚ですけどね。一応、絵師としては初舞台になるんで、先生は雅号が要ると考え、大先生に伺いを立てていたんです。ようやく今日になってお許しが出たという訳です」

それで芳太郎のうきうきしていた表情に合点が行った。

「よかったな」

気のない返事になる。芳太郎は、おいら、張り切って鍾馗を描きますよ、と言った。悋気《りんき》（嫉妬）よりも寂しさを伊与太は感じた。そのまま、芳太郎の傍《そば》にいたくなかった。

伊与太は野暮用があると言って、再び外に出た。

外は粉糠《こぬか》のような雨が降っていた。番傘を差し、伊与太は東へ歩みを進めた。行くあてはなかった。ただ、どこまでも歩いていたかった。板元から注文が来て、絵師として初登場することは、伊与太も考えない訳ではなかった。

だが、それは何年も修業して、ようやく叶うものだと思っていた。目の前でとんとん拍子にもの事が進んで行く芳太郎を見ていると心は揺らぐ。自分は芳太郎が言ったように呑気な男だったのかも知れない。

気がつくと、伊与太は両国広小路《りょうごくひろこうじ》に来ていた。喉が渇《かわ》いたが、水茶屋で茶を飲めば懐が寂しくなる。水茶屋は様子のいい茶酌女《ちゃくみむすめ》を置いているので茶代も高直《こうじき》だ。伊与太はぐっと堪《こら》えた。粉糠雨に煙る広小路は人影も疎《まば》らだった。ふと、伊与太は北斎の家を訪れてみたい気持ちになった。

北斎の住まいは両国橋を渡った本所の亀沢町にある。国直と一緒でなければ会ってくれるかどうかもわからない。

断られたら、すぐに帰るつもりだった。だが、訪問の理由を何んとしよう。すると、粟餅屋《あわもちや》の看板が眼に留まった。北斎は下戸《げこ》なので菓子を好む。伊与太の父親と一緒だった。

父親は粟餅が好きなので、きっと北斎も喜んでくれるだろうと思った。伊与太は迷わず粟餅屋に入り、ひとつ四文の粟餅を十個包んで貰い、いそいそと両国橋を渡った。だが、榛《はん》の木馬場《きばば》の傍にある北斎の住まいの前に立った時、伊与太は気後《きおく》れを覚えた。古びた油障子はぴったりと閉じていた。おまけに雨脚も強くなった。伊与太はしばらくの間、少し離れた場所で油障子を見つめていた。だが、突然、がらりと油障子が開いて、北斎の娘のお栄《えい》が小さな壺の中身を外に振り撒《ま》いた。青い水が地面に拡《ひろ》がる。雨はすぐに青い水を押し流す。絵筆を洗った水を捨てたのだろう。お栄は空を見上げ、短い吐息をついた。いつまで降っているのかという表情である。油障子を閉めようとした時、お栄はひょいとこちらへ眼を向けた。つかの間、誰だろうと思案したようだが、やがて思い出してくれたらしい。

「鯛蔵《たいぞう》の所の坊やじゃないか。どうしたえ」

怪訝な表情で訊く。鯛蔵は国直の本名である。

「ちょっと、近くまで来たものですから」

伊与太はもごもごと応えた。

「ずっとそこにいたのかえ。遠慮せずに入って来たらいいものを」

「でも、先生のお仕事のお邪魔になるかと思いまして」

「邪魔になんてなるものか。ささ、お入り」

お栄が気さくに中へ入れてくれたのがありがたかった。おずおずと手土産の粟餅を差し出すと、お父っつぁん、鯛蔵の所の坊やがお土産を持って来てくれたよ、と嬉しそうに北斎に言った。奥の間で仕事をしていた北斎は手を止めてこちらを見ると、何を持って来たのよ、と訊く。

「つまらないものですが粟餅を。ほんのお口汚しですが」

「粟餅で口は汚れねェ」

冗談を言いながら絵筆を置いた。一服するつもりらしい。部屋の中は相変わらず散らかっていたが、伊与太は今さら驚いたり、呆れたりしない。北斎とお栄は絵さえ描ければ、他はどうでもいいのだ。

栗餅を頬張り、白湯《さゆ》をひと口啜ると、北斎は伊与太の顔を見て、浮かねェ面《つら》をしているぜ、何んかあったのか、と訊いた。

「別に何もありませんよ」

「鯛蔵に叱られたんじゃないのかえ」

横からお栄も口を挟む。縞《しま》の単衣《ひとえ》に臙脂《えんじ》色の帯を締めている。美人ではないが姿のきれいな女である。横座りした腰の線には女らしい色香も感じられる。

「いえ」

「修業に行き詰まっているとか？」

「それはあるかも知れません」

「鯛蔵は弟子をもう一人置いているという噂を聞いたが、本当かえ」

芳太郎のことはすでに伝わっていたらしい。

おおかた板元の番頭か手代が知らせたのだろう。

「ええ。芳太郎という十六になる奴です」

「いい絵を描くのかえ」

「才は感じます。うちの先生は鶴喜から武者絵を出すそうですが、その中の一枚は芳太郎が描くことになりました」

「坊やは？」

「おいらなんて、とてもとても」

そう応えると、お栄は北斎と顔を見合わせた。

「坊主、いいものを見せてやろう」

北斎はふと思いついたように言った。また違う作品を見せてくれるのかと心が弾《はず》んだ。

だが、北斎が持って来たのは白い容器に入った藍色の絵の具だった。

「こいつは毛唐が拵えた絵の具よ。阿蘭陀《オランダ》からはるばる船で運ばれて長崎に着いたのよ。それから僅《わず》かばかりだが江戸にも届いた。永寿堂《えいじゅどう》の番頭が気を利かせておれがとこへ持って来た。水で溶くと何んとも言えねェいい色になる」

永寿堂は板元のひとつで北斎の作品も多く手掛けている。わが国は他国と交易をしないことになっているが、例外はある。長崎は阿蘭陀と交易が許されている。薩摩《さつま》は琉球《りゅう》《きゅう》と、そして松前藩《まつまえはん》は蝦夷《えぞ》（アイヌ民族）と交易していた。北斎は異国の絵の具を使った絵も伊与太に見せてくれた。深い紺青色は今まで伊与太が見たことのない色に思えた。

「濃《こい》べろ、花色べろという名がついている」

北斎は得意そうに言った。

「濃べろですか」

聞き慣れない言葉に伊与太は眼をしばたたいた。

「花紺青《はなこんじょう》とも言うのさ。べろなんて無粋な名前で呼びたくないよ」

お栄は不満そうに言う。

「べろは舌のべろじゃねェよ。異国のよう、べろれん（ベルリン）という国で作られたんだ」

「でろれんじゃなくて？」

門付《かどづ》けがうたうでろれん祭文《さいもん》と語感が似ていた。べろれん、と北斎は強く言った。

「顔料作りの男が、鍛冶屋の男と一緒に仕事をして、たまたまできたものらしい。言わば奇跡の色よ。おれァこいつを見た途端、くらくらっと目まいがしたものだ」

「大袈裟な」

お栄は鼻で笑った。

「この色をふんだんに使って、おれァ絵が描きてェ」

「是非、描いて下さい」

伊与太は笑顔で勧める。

「ところがそうは行かねェ。濃べろは普通の絵の具の三倍もする。しかも、この江戸じゃ、滅多にお目に掛かれねェ。濃べろのためだったら、おれァ、長崎まで行ってもいいと思っている」

「旅の途中でくたばっちまうよ。年を考えたらどうなんだ」

お栄は呆れたように言った。

「その内に値が下がり、先生のお望み通りに、ふんだんに使える時も来ようというものです。焦《あせ》らないことですよ」

伊与太は宥《なだ》めるように北斎に言った。

「焦るなってか？　そういうお前ェはどうなんだ。鯛蔵の新入りの弟子に悋気して、ここまでのこのこやって来たんじゃャねェのかい」

北斎にはお見通しだった。だてに年は取っていない。北斎には全国各地に多くの弟子がいた。才のある者もいれば、ない者だっている。北斎には伊与太の気持ちがわかっているのだ。北斎自身も絵で苦労したことが多々あったという。

「でも、才がないのは悲しいものです」

伊与太は思わず本音を洩らした。その拍子に北斎はぎらりと睨んだ。

「才だとう？　下らねェことを言いやがる。才があれば絵が描けるのか？　へい、おいらは才があるんで、絵なんざ、お茶の子さいさいでさァ、てか？　おきゃあがれ！　毎日描くからうまくなるんだ。それしかねェのよ、絵師は。才なんざ二の次だ」

「でも売れなきゃ、結局駄目だと思います」

「人の評価は十人十色《といろ》よ。いいと思う奴もいれば、からっきし駄目と思う奴だっている。そうさなあ、十人の内、ひとりでもいいと思う奴がいるなら、まずまずだな」

「板元は、少数の評価しか得られない絵師には見向きもしませんよ。現に先生の絵は誰もが絶賛するから仕事が来るんじゃありませんか」

「お前ェは誰のために描いているのよ。客のためか？　板元のためか？　おれァ違うぜ。手前ェが見たくて描いているのよ」

ぐうの音も出ない。伊与太は何も言えず俯《うつむ》いた。北斎は伊与太が考えていたよりはるかに大人物だった。伊与太は北斎に圧倒された。

「新入りの弟子は坊やより待遇がいいのかえ」

お栄は心配そうに訊いた。

「いいえ。うちの先生は同じようにして下さいます。でも、芳太郎には厳しいことも言います。才があるから厳しくもなるんだと思います」

「才、才言うな。肝《きも》が焼ける」

北斎は癇《かん》を立てた。

「すみません。芳太郎は大師匠から雅号までいただきました。おいらとは違います。二、三年の内に奴の名前は世の中に知られるでしょう」

「お前ェ、雅号がほしいのか」

北斎はからかうように訊いた。

「いいえ、別に……」

「うそを言うな。芳太郎には雅号があって、お前ェにはない。だからなおさらがっかりしているんだろう。そういうことならおれが雅号をつけてやってもいいぜ。お前ェの名前ェは何んだったかな」

「伊与太です」

そう応えて、充《あ》てる字を指でなぞって教えた。

「伊与太ってのは、雅号に一字遣うにゃ、中途半端で悩むな。てて親は何をしている」

「髪結いです」

「ほう、髪結いか。よし、それなら結髪亭北与《けつぱつていほくよ》だ。どうだ」

北斎はずばりと言った。

「ちょいとお待ちよ。坊やは鯛蔵の弟子で、お父っつぁんの弟子じゃない。北の字を遣うのはまずいよ」

お栄が慌てて制した。

「鯛蔵は弟子を持つ身分じゃねェと言っていた。この坊主を弟子にしたつもりはねェんだろう。だったら、おれがとこの弟子にしても構わねェはずだ」

「だけど、そういう訳には……」

お栄は賛成できないらしい。伊与太も国直の顔を潰《つぶ》すような気がした。

「なに、歌川の親方が雅号をくれた時は、おれのつけたもんは返上していいぜ。それまでの間に合わせだ。結髪亭北与。乙にすてきだぜ」

北斎は満足そうに肯《うなず》いて、またやり掛けの仕事を始めた。

二杯の白湯を飲み干してから、伊与太は暇乞いをした。お栄は土間口まで送ってくれ、その時、雅号のことは鯛蔵に言わなくていいからね、と小声で言った。

「わかっております。最初の師匠も歌川派の方でしたんで、幾ら北斎先生の命名でも不義理はできませんよ」

「それを聞いて安心したよ。いいかえ。徒《いたずら》に悋気するのは身体によくない。手前ェは手前ェと割り切らなきゃ」

「はい。しかし、濃べろはいい色ですね。おいらも惚れこんでしまいました」

「花紺青とお言い。坊やは青が好きなのかえ」

「ええ」

「あたしと同じだね。気をつけてお帰りよ。またいつでも来ていいからね」

「ありがとうございます」

「焦っちゃいけないよ。精進してりゃ、きっといいことがある。命が尽きる時に絵師と認められていたら、それでいいんだよ」

お栄はそう言って笑顔を見せた。伊与太は何度も頭を下げてその場を離れた。

両国橋へ向かいながら、思い切って北斎を訪ねてよかったと思った。濃べろ、いや花紺青の色を知っただけでも来た甲斐があったというものだ。おまけに雅号までつけて貰った。

おいらは大北斎から雅号を頂戴したんだぞ、と大声で叫びたかった。いつか国直から離れた時には堂々と結髪亭北与の名を遣いたかった。離れる？　伊与太は唐突に自分の思いを胸で呟いた。いつか、それがいつかはわからないが、伊与太は国直の許を離れると知らずに予感しているのだろうか。わからない。

わからないが、きっとそんな日もやって来るかも知れない。それまで精進しようと改めて決心した。命が尽きる時に絵師として認められていたらいいとお栄は言ったが、自分はその前に絵師になる。いや、すでに自分は絵師だ。

芳太郎がどんな絵を描こうとも、もう惑わされない。伊与太はようやく自信を取り戻した。

四

国直の家に戻った時は、五つ（午後八時頃）近かった。国直はすでに帰宅していて、不愉快そうな表情をしていた。

「すんません。ちょいと野暮用があったもんで」

「芳太郎が来たもんだから、お前ェは安心して外で羽を伸ばして来たって訳か」

「すんません。てて親の弟子に祝いの絵を届けに行ったりして刻を喰ってしまいました」

「お前ェは兄貴分だから弟分の芳太郎に留守を任せてもいいと思ったのか。そういう了《りよう》簡《けん》はよくねェ」

珍しく国直はくどくどと小言を続けた。

「おいらは、お前ェがどこぞに雲隠れしちまったのかと心配したものよ」

国直はしまいにそんなことまで言った。

「何んでおいらが雲隠れするんです？」

「そのう、芳太郎に雅号がついたり、武者絵の一枚を任せたりしたからよ」

「それにおいらが悋気したと思ったんですか」

「ああ」

「才のある者が引き立てられるのはこの世の道理ですよ。弟分が兄貴分を追い越す話も珍しくありません。仕方がないことです」

「仕方がないってか？　お前ェはそれでいいのか」

「いいも悪いもおいらと芳太郎じゃ、すべてが違いますからね」

「そうか……」

「おいらはおいらのやり方で行くしかありません」

「雅号がほしけりゃ、おいらがつけてやってもいいぜ」

国直は伊与太を上目遣いに見ながら言った。

「いえ、今はいいです」

「そうか。いいのか。そいじゃ、武者絵を出すことが決まったから、お前ェも背景を工夫して描いてくれ」

「はい、承知しました」

「腹が減っただろう。めしを喰って寝ろ」

「すんません」

国直は伊与太がそれほど意気消沈していないとわかると、安心したように腰を上げた。

「先生。ところで芳太郎の雅号はどんなものですか」

伊与太は国直の背中に声を掛けた。

「ああ。歌川国華《くにはな》だ」

「いい雅号ですね。今に江戸の人々の知るところとなるでしょう」

鷹揚に応えた伊与太に国直は居心地の悪い表情で薄く笑った。

その夜。床に就《つ》いてからも花紺青の色と北斎につけて貰った雅号が頭の中でくるくると回っていた。芳太郎は規則正しい寝息を立てて横で眠っている。

国直に国華、それに北斎。自分の周りには錚々《そうそう》たる絵師がいる。それはまずい絵を描く絵師の傍にいるより、はるかに自分にとってはよい環境だろう。恵まれている。改めてそう思う。才のある絵師の勢いに乗じて自分も先へ進んで行くのだ。

雨音はやんだようだ。梅雨が明ければ油照りの夏が来る。汗を拭きふき、武者絵の背景を描く自分が易々と想像できる。伊与太は、そんな自分がいやではなかった。


九兵衛の祝言を二日後に控え、伊三次も何かと慌ただしい気持ちではいたが、表向きはいつものように自分の仕事に精を出していた。

お文は伊三次の紋付を出し、衣紋竹に通して鴨居《かもい》に下げている。その横にお吉の大振袖が並んでいる。お文の晴れ着がないのは、芸者という仕事柄、いつでも用意できているからだ。お文は留袖《とめそで》の一枚をおふさに与えたが、幅が足りず、おふさは慌てて九兵衛の母親に幅出しを頼んでいた。九兵衛の母親は長年、仕立て物の内職をして来た女だった。

空はまだ厚い雲に覆《おお》われていたが、式と披露宴の当日は、それほど雨に降られることもないだろうと伊三次は思っている。九兵衛とおてんのために、是非ともそう思いたかった。

佐内町《さないちょう》の箸屋《はしや》「翁屋《おきなや》」の主と息子の髪を結い終えて見世を出ると、外は思わぬほど暗かった。暮六つ（午後六時頃）の鐘が鳴るには、まだ少し間があるはずだが、悪い天気のせいで、いつもより暗く感じたのだろう。その日の伊三次の仕事は翁屋で終わりだった。腹の虫がぐうと鳴る。家に戻って早く晩めしにありつこうと、伊三次は自然、急ぎ足になる。

だが、本材木町《ほんざいもくちょう》の通りに出て、ふと足が止まった。魚屋が軒《のき》を連ねる中、一軒だけ水菓子屋があり、その見世の前に出した床几《しょうぎ》に座り、無心に水菓子を食べている九兵衛とおてんの姿があったからだ。

あれはまくわ瓜《うり》だろうか。まだ走りで甘みは薄いはずだが、二人はものも言わず、夢中でかぶりついている。祝言の仕度でお互い忙しいが、少しの間だけでも顔が見たい。それで水菓子屋での逢引《あいびき》となったのだろう。

逢引という言葉もよくないが、伊三次はほかに言葉を知らなかった。水菓子にかぶりつきながら、二人は眼を合わせて倖せそうに笑う。伊三次は胸をくすぐられるような気分になった。

時々、九兵衛の手が伸びて、おてんの後れ毛を撫《な》で上げる。髪結いという仕事柄、それは当然のような仕種《しぐさ》だが、それだけではない。

おてんに対する情愛が感じられる。

おてんは、美人とは言えないが、たっぷりと分量のある髪をしている。近頃はそれに艶も加わった。おてんがこれほどよい髪の持ち主だったのかと伊三次は改めて思ったものだ。

それは髪結いの女房としてもふさわしい。

二人の邪魔をしたくなくて、伊三次はそっと踵《きびす》を返した。遠回りだが、海賊橋《かいぞくばし》を渡って家に帰ろうと思った。

九兵衛とおてんの姿は、その内に伊与太やお吉の姿に取って代わるような気がした。互いに連れ合いに恵まれた子供達の姿を見るのも伊三次の楽しみだった。さて、子供達はどんな女房や亭主を持つのだろうか。

ふっと苦笑が込み上げる。まだまだ先のことを想像している自分が可笑《おか》しかった。明日一日暮らせば、翌日は九兵衛の祝言だ。

伊三次は胸で確かめるように呟いた。その拍子にぽつりと月代《さかやき》の辺《あた》りに雨粒を感じた。ぽつり、またぽつり。伊三次は携《たずさ》えた番傘を開いた。今日と明日はどんどん降れ。そして明後日になったら、からりと晴れろ。その時の伊三次は天気のことばかりが気懸《きが》かりだった。


伊三次の思いが天に通じたようで、祝言の当日になると、空は朝から雲ひとつない日本晴れとなった。

「九兵衛さんは日頃の行ないがよろしいから、ほら、ごらんなさい。よい天気になりましたよ」

不破家の女中のおたつが弾んだ声で九兵衛に言った。祝言の日でも九兵衛は仕事を休めない。いや、却《かえ》っていつもより忙しい。と言うのも、九兵衛はその後、自分の両親と向こうの両親、それにおてんの頭を結わなければならないのだ。それから自分の身仕度をして式場へ向かう。

不破と龍之進の朝の髪結いご用を済ませると、伊三次はその場を借りて九兵衛の頭を結った。祝言の花婿《はなむこ》らしく、元結《もつとい》には銀色の華やかなものを使った。それは仕事着の九兵衛となじまなかったが、頓着《とんちゃく》してはいられない。

「そいじゃ、親方。おいらはこれから向こうへ行きやす」

頭ができ上がると、九兵衛は自分の台箱《だいばこ》を摑んで腰を上げた。ろくに手鏡を見る暇もなかった。

「おう、行って来い。あまり張り切るなよ。後でへろへろになるぜ」

「わかってますって。だが、今日はおいらの生涯で一番忙しい日になりそうですよ」

九兵衛は悪戯《いたずら》っぽい顔で言う。

「何言いやがる。これからだって眼が回るほど忙しい日は幾らでもあるわ」

「脅《おど》かさねェで下さいよ」

九兵衛は、にッと笑って引き上げて行った。

伊三次はそれから不破の妻のいなみとおたつの頭を纏《まと》めた。龍之進の妻のきいは子供がいるので、式も披露宴も遠慮するという。それでも、いいなあ、あたしも行きたいなあと恨めしそうに言っていた。いなみはそんなきいに、これから幾らでも機会がありますよ、栄一郎がぐずり出したら、出席した方の迷惑になりますから、ここは我慢してね、と諭《さと》していた。

いなみとおたつの髪を結い終えると、伊三次は急ぎ、玉子屋新道の家に戻った。そこには着替えを済ませたお文とお吉、おふさが待ち構えていた。三人はお文の出入りの女髪結いに頭を頼んだので、伊三次の手を煩わせることはなかった。

「あれ、松さんと佐登里は？」

おふさの亭主の松助と息子の佐登里のことを伊三次は気にした。頼まれたら二人の頭もやろうと心積もりしていたのだ。

「うちの人、佐登里を連れて梅床に行きました」

おふさは笑顔で応える。本日、梅床の利助も披露宴に出席するので、見世は休みである。

だが、九兵衛の親戚縁者がそちらに押し掛けている。利助も披露宴が始まるぎりぎりまで仕事に追われるようだ。伊三次の姉のお園《その》は十兵衛がいるので、こちらは披露宴に出ない。

「おふさ。晴れ着を着て、頭を結ったら、まるで大店のお内儀《かみ》さんのようだぜ」

伊三次がそう言うと、おふさは顔を赤くして照れた。

「お父っつぁん、あたしはどう？」

龍之進の妹の茜から譲られた大振袖を着たお吉がくるりと回ってみせた。

「馬子にも衣裳とはよく言ったものだ」

「もう、ひどい。ちゃんと褒めてよ」

「ああ、可愛いぜ」

おざなりに伊三次は応える。

「お吉。晴れ着を着て、いつもの調子でご馳走をばくばく食べるんじゃないよ。みっともないからね」

お文は、ちくりと釘を刺す。

「ええっ？　あたしはまだ子供だから、そんな気遣いをしなくていいんじゃない？」

お吉は不満そうだ。

「都合のいい時だけ子供になるんだから」

お文は苦笑した。

「きィちゃん。お着物にお料理をこぼさなければ、たんと召し上がっていいと思いますよ。何しろ樽三のお料理だ。滅多に口にはできませんからね」

おふさは助け船を出す。お文は呆れ顔をしたが、それ以上、何も言わなかった。

「どれ、おれも着替えるか」

伊三次は鴨居の紋付に手を伸ばした。

「お父っつぁん、頭は結い直さないの?」

お吉がふと気づいて言う。人の頭をやることばかりに夢中で、自分のことはとんと忘れていた。

梅床にこれから行っても間に合わない。

「これじゃ、まずいか?」

伊三次は不安そうにお吉へ訊く。

「う〜ん、まずい訳でもないけど、少しそそけているよ。あたしがちょいと撫で上げようか」

そう言ってお吉は鬢棒《まげぼう》と櫛《くし》を使って、伊三次の頭を整えた。

「存外、うめェじゃねェか」

伊三次はお世辞でもなく言った。横鬢《よこびん》に手を当て、鬢棒で膨《ふく》らみを出すところは、なかなか堂に入っていた。

「そうでしょう? あたし、これでも腕はいいのよ」

「手前ェで言っちゃ、お仕舞いだよ」

横でお文が口を挟む。

「もう、おっ母さん、うるさい。ここだけの話じゃないの。あたし、その気になれば、おっ母さんの頭だって結えるんだから」

「そうそう、きィちゃんはもう一人前ですよ」

おふさも持ち上げる。

「まだまださ。そう簡単に一人前の髪結いになれやしないよ。でもまあ、やっつけ仕事にしちゃ、いいできだ」

お文は伊三次の頭を眺めて言った。

「ひどい。やっつけ仕事だなんて」

「そうじゃないか」

「二人ともやめろ。今日は九兵衛の大事な祝言だ。親子喧嘩でけちをつけるな」

伊三次は二人を制して、立ち上がり、紋付の袖に腕を通した。

「お父っつぁんも、馬子にも衣裳だね」

お吉の言葉に伊三次は苦笑して鼻を鳴らした。

五

山王権現御旅所《おたびしょ》での式は四つ（午前十時頃）から始まる。梅床から戻って来た松助と佐登里も見違えるようなきれいな頭になっていた。

おふさはどこから調達したのか、佐登里に子供用の紋付羽織を着せた。その可愛らしさに誰もが眼を細めた。

「さと、まるで旗本の若君様のようだぜ」

伊三次は大袈裟に褒める。

「この羽織は侍《さむれ》ェの倅が着ていたもんなんだと。食い詰めて売り払ったらしい。おっ母さんが古手屋《ふるてや》の親仁《おやじ》から聞いた話だ」

八歳になった佐登里はこまっしゃくれた口調で言う。

「これ、そんな話はしなくていいの」

おふさは慌てて制した。それには皆んなも大笑いだった。

玉子屋新道を西に向かい、松屋町《まつやちょう》の通りの辻まで来ると、九兵衛の両親もちょうど出かけるところにぶつかった。

「岩さん、お梶さん。本日はおめでとう存じます」

お文は如才なく挨拶する。晴れ着を纏った岩次とお梶もいつもと違って見える。

二人は嬉しそうに頭を下げる。

「晴れてよかったぜ。おれは何日も前から天気のことばかり気にしていたのよ」

伊三次は二人にそう言った。

「本当に、皆さんのお蔭で今日という日を迎えられましたよ」

お梶は早くも涙ぐんでいる。

「あれっ。岩さん、まだ新しい家に引っ越ししてねェのかい」

伊三次はふと気づいたように訊いた。松屋町の辻で出くわしたということは、二人は岡崎町《おかざきちょう》の裏店にいたことになる。

「長屋の皆んなと別れるのが辛くて、つい、ずるずると居続けてしまったんでさァ。まあ、引っ越しは祝言を終えてからでもいいと思ってね。さして手間が掛かる訳でもなし」

岩次は照れたように言う。

「この人、ずっと今の所にいたいと言うんですよ」

お梶が困り顔をした。

「住み慣れた所が一番だからな。それならそれでいいんじゃねェか」

伊三次は岩次の気持ちを考えて言った。

「でも、おてんちゃんは今まで、ろくに台所仕事をしたことがないんですよ。毎日、刺身ばかりじゃ、どうしようもないし」

お梶は岩次の気持ちもわかるが、九兵衛の食事のほうも気になるらしい。おてんは魚佐の商売を手伝って来たので、魚の捌《さば》き方はうまかったが、他のお菜《さい》を拵えるのは自信がないようだ。

「何んでも最初が肝腎だ。岩さん、四の五の言わずに一緒に住むのがいいよ」

お文はずばりと言う。おふさも同調するように肯いた。

「伊与太坊が祝いの絵を届けてくれやした。おてんちゃんは、さっそく床の間に飾りやしたよ。親方、一度見に来ておくんなさい」

岩次はお文の言葉に応えず、話題を逸《そ》らすように言う。

「そうか。伊与太の奴、気を利かせたんだな。まあ、伊与太にとっちゃ、九兵衛は兄貴のようなものだからな」

伊与太の心遣いが伊三次には嬉しかった。

本当は披露宴だけでも伊与太に出席してほしかったが、弟子の立場では我儘《わがまま》も言えないだろう。せいぜい、祝いの絵を届けるぐらいが関の山だと伊三次は納得している。

「ささ、話は式場でもできる。早く向こうへ行こうぜ」

松助が皆んなを急かした。一行はぞろぞろと連なって歩き出す。空は暗みを帯びて見えるほど青かった。お文は眩《まぶ》しそうに空を見上げ、凄い青空だねえ、と独り言のように呟いた。

「雨が続きましたからねえ、塵《ちり》も埃《ほこり》も洗い流されたんですよ。本当にきれい」

おふさも感歎《かんたん》の声を上げた。伊三次もお文の言葉に空を見上げた。抜け上がったような青空がどこまでも拡がっている。こいつは九兵衛に対するお天道様のご祝儀かも知れないと伊三次は思う。その空の色は花紺青という名にふさわしいものだったが、一介の髪結い職人の伊三次には知る由もなかった。

空蟬《うつせみ》

一

蟬《せみ》の鳴き声が微《かす》かに聞こえる。北町奉行所定廻り同心の不破龍之進は、そっと庭に眼を向けた。

龍之進が座っていたのは北町奉行の役宅内の一室で、床の間と違い棚、押入れがついた八畳間の座敷だった。奥の襖《ふすま》を開ければ次の間と三《さん》の間に続いている。だが、普段は使われていないせいか、ひどく殺風景な感じがした。

奉行は任命されると奉行所と隣接している役宅に引っ越して来る。どこからが奉行の役宅になるのか、龍之進でも明確にはわかっていないが、表玄関を入り、長い廊下を進んで行くと右手に勝手《かつて》用人詰所《ようにんつめしょ》があり、左手には祐筆《ゆうひつ》詰所がある。どうやら、このふたつの詰所を結ぶ線が境界で、この線より奥が役宅となるようだ。

障子を開け放しているが、風はさほど通らない。その座敷から少し広い庭が見渡せた。

庭の塀際《へいぎわ》に土蔵が三棟並んでいる。土蔵と土蔵の間に欅《けやき》の樹《き》が三本植わっていた。夏の強い陽射《ひざ》しを遮《さえぎ》るために植えられたのだろう。

欅の根方にできた木陰が深い穴のように黒々として見える。他には眼につくような草木もなく、白い玉砂利が敷き詰められているだけだった。

蟬の鳴き声は欅の樹から聞こえているようだ。鳴くのは雄だけだと、子供の頃、手習《てならい》所《どころ》の師匠が教えてくれた。蟬の命は、はかないものだという。

ようやく成虫となったと思っても、わずかの日々で死んでしまう。その短い間に子孫繁栄のために雌を求めるのだ。

だから、蟬を捕まえても、すぐに逃がすようにと師匠に言い含められた。蟬に生まれなくてよかったと、子供心に龍之進はつくづく思ったものだ。大人になって、たった何日かで死ぬのはいやだ。それが天然自然の理《ことわり》だとしても納得できなかった。

「どうだ。倅は大きくなったか」

龍之進の隣りに座っていた隠密廻《おんみつまわ》り同心の緑川鉈五郎が訊いた。座敷に座っていることに、いささか倦《う》んで来たようだ。

「ああ。帰宅して声を掛けると、にッ、と笑うのよ。その笑顔を見ると一日の疲れも吹っ飛ぶような気がする」

龍之進は硬い表情を弛《ゆる》めて応えた。

「そうか。おぬし、倅を湯に入れたり、襁褓《むつき》を取り替えたりするのか」

「たまにやる」

「ふうん。存外、まめだな。おれは一度もやったことがない」

鉈五郎には年子の二人の娘がいる。

「湯屋に一緒に連れて行ったこともないのか。もう母親が傍にいなくても大丈夫な年頃だろうが」

「それはある。ところが下の娘が洗い場で滑《すべ》り、その拍子に頭を打って大泣きよ。大事はなかったが、宥めるのが骨だった。帰りに飴玉《あめだま》を買ってやるから家の者には内緒にしろと口止めしたのに、家に戻った途端、すぐに告げ口しやがった。うちの奴にはきつい眼で睨まれた」

龍之進は鉈五郎の表情が可笑しくて、声を上げて笑った。

「しかし、山中《やまなか》様は遅いな。いつまで待たせるつもりなのか」

鉈五郎は真顔になって短い吐息をついた。

その日、二人は内与力《うちよりき》の山中寛左《かんざ》から呼び出しを受けていた。折り入って話があると。内与力は奉行の直属の家臣で、言わば奉行の懐刀《ふところがたな》である。その内与力から呼び出しを受けたとすれば、日頃の勤務態度が悪いと叱責されるのだろうか。思い当たるふしはなかったが、それでも悪い想像が先に立ち、二人は穏やかな気持ちではなかった。

山中は二人が中食を摂っていた同心部屋にふらりと訪れ、めしを喰ったら、役宅のほうへ来てくれ、と気軽な口調で言った。

「拙者ですか、緑川さんですか」

念のため確かめると、山中は二人ともだ、とその時だけ語気を強めて応えた。言われた通り、中食を済ませてから役宅に向かうと、奉行所付きの中間《ちゅうげん》が廊下で待ち構えていて、その座敷に案内した。

中間は二人に茶を出すと、すぐに引き上げて行った。山中はなかなか現れず、二人はもう小半刻《こはんとき》（約三十分）近くも待たされていた。

「同心を長くやっていれば、後ろ指をさされることのひとつやふたつはあるさ。それを恐れていたら同心なんざ、できるか」

鉈五郎は吐き捨てるように言う。

「心当たりでもあるのか」

念のために訊くと、鉈五郎は心細いような表情になった。

「この間、日本橋の呉服屋からお捻《ひね》りを頂戴したが、ちょいと額が大きかったのよ。一分（一両の四分の一）も入っていた。そいつはまいない（賄賂《わいろ》）になるのかと考えていたところだ」

「その呉服屋はおぬしに格別の恩でもあったのか」

「恩と言うほどでもねェが、半年前に口入れ屋《くちいれや》（周旋業）から雇った下男の様子が少しおかしく見えたので、番頭に眼を離すなと言ったのよ。案の定、下男はひと月ほどでその店から姿を消した。後で確かめると反物が三反ばかりなくなっていたそうだ。恐らく質屋にでも曲げたんだろう。大した被害でもなかったが、別の、今度は浅草の飾り物屋が晦日《みそか》に銭箱の金を盗まれたのよ。奉公人の中で事件の後に姿を消した者がいたので、土地の御用聞き（岡っ引き）がそいつの行方を捜し、深川の岡場所にいたところを捕まえた。余罪を追及している内、日本橋の呉服屋で反物を盗んだ下男だということがわかった。主と番頭は大層喜んで、次に顔を出した時、今後ともよろしくと、例の一分をよこしたのよ。懐紙《かいし》に包んであったから、まさか一分も入っているとは思わなかった。返すのも何んだから、そのままにしていたが」

「いや、その程度でお叱りを受けるとは思えない。確かに一分は大金だが」

「だろ？」

「しかし、誰がそれを山中様に告げ口すると言うんだ」

「そのう、呉服屋の番頭が、おれに金を要求されたから、渋々、出したとか……」

「要求したのか」

「するか、そんなこと。ばかにすんな」

鉈五郎は声を荒らげた。見た目より鉈五郎は小心者である。山中に呼び出しを受けた時から、ひそかに心配していたらしい。

「大丈夫だ。心配するな」

龍之進は鉈五郎を安心させるように言った。

「そういうおぬしにも心当たりはあるのか」

「あると言えばあるし、ないと言えばない」

「どっちなんだ」

「まあ、ないな」

そう応えると、鼻白んだ様子で鉈五郎は湯呑に入っていた茶を口にし、まずい、と言って顔をしかめた。その時、せかせかした足音が聞こえ、山中寛左がようやく姿を現した。

「何がまずいとな?」

鉈五郎の声が聞こえていたようだ。山中は悪戯っぽい表情で鉈五郎に訊く。

「いえいえ、こっちの話でござる」

鉈五郎は慌てて取り繕《つくろ》った。山中は床の間を背にして座ると、つかの間、二人の顔を見つめた。三十六歳の山中は、その年にしては恰幅のよい身体をしている。貫禄もあった。

鰓《えら》の張った四角い顔に小さな眼があったが、その眼は抜け目ない光を湛《たた》えている。

「二人とも熱心にお務めに従事しておる様子。お奉行も頼もしい限りだとお喜びである。今後ともよろしくお頼み申す」

山中はそう言って律儀に頭を下げた。

「とんでもない。山中様に頭を下げられるようなことはしておりませぬ。我らはただ、己れの仕事をしているだけでござる」

龍之進は早口に言った。

「いや、それでも中にはなまくらな役人もおる。おぬしらは北町奉行所の誇りでもあるぞ」

「畏《おそ》れ入りまする」

二人は声を揃えて礼を述べた。

「それでの、二人を見込んで、ちと頼みがある。これは内々の御用ゆえ、くれぐれも他言無用に願いたい」

「心得ました」

と、これも二人の声が揃った。山中は幾分、声を低め、仔細《しさい》を語り始めた。

それは、気軽に頼むという代物《しろもの》ではなかった。奉行所内の人間の中に押し込み集団と通じている人間がいるという。事が事だけに公にはできない。有無を言わせぬ証拠を摑むことも必要だった。関八州《かんはっしゅう》を股に掛ける押し込み集団のことは、もちろん、龍之進も鈵五郎も知っていた。大変に用意周到な集団で、目星をつけた大店には長い時間を掛けて計画を練る。引き込み役となる手代や女中も三年から五年もの間、奉公している者ばかりだった。

ただ、事を起こす時期は盆暮と決まっていた。掛け取りが集まる時期だ。信用のある客は品物をいちいち現金で支払わず、掛け（ツケ）にして、盆と暮に清算するのが慣わしである。奉行所もばかではないから、厳重に警戒していたが、いつもするりと躱《かわ》されていた。

困ったことに押し込みに遭《あ》った商家は立て直しが叶わず、夜逃げや廃業に追い込まれる所が少なくなかった。それほど被害は甚大だった。何んとか阻止しなければならぬと奉行所も焦ってはいたが、これと言った手立ては見つかっていなかった。

「昨年の正月に浅草の乾物問屋《かんぶつといや》の『福山屋《ふくやまや》』が襲われたのは、おぬしらも承知しておろう。福山屋は蝦夷地で採れた昆布や鮭を上方に運び、太い商いをしておった。旗本、大名の御用達《ごようたし》の店でもあり、暮には大金が福山屋に集まる。賊は前々から福山屋に目星をつけていたものと思われる。それはわが奉行所もひそかに予想していたことだ。次に狙われるのは福山屋ではないかとな。大晦日にきっと賊は事を起こすと、奉行所は身構え、捕吏《ほり》を募《つの》って福山屋の周辺を固めたが、予想に反して何も起きなかった。おかしい、おかしいと誰もが頭を抱えた。だが……」

山中はそこで息をついだ。

「大晦日を外《はず》し、正月の三日に事件は起きました」

龍之進が後を続けた。福山屋への出動には龍之進も加わったので、よく覚えていた。

「さよう」

山中は肯き、懐から手拭《てぬぐ》いを取り出して、額の汗を拭った。梅雨が明けて間もない、ひどく暑い日でもあった。

「福山屋の主はお奉行と句会を一緒にする仲である。お奉行もことのほか、ご心配のご様子だった。福山屋は廃業こそ免《まぬが》れたが、出店《でだな》（支店）をひとつ手放したそうだ。ある時、お奉行は、どうして賊は大晦日でなく、正月の三日に事に及んだのかと独り言のようにおっしゃられた。拙者は福山屋の周辺を奉行所の捕吏が固めていたので、賊の間者《かんじゃ》がそれを察して回避したのでしょうと応えたが、お奉行は納得されなかった。警戒して大晦日の押し込みをやめたのなら、次の機会は盆になるはずだと。これはあらかじめ、正月三日と決まっていたのではないかとおっしゃられた。福山屋も支払うべきものは大晦日にけりをつけていただろう。それでも奉公人の給金、仕入れの金など、まとまった金が残っていたはずだ。大晦日より奪う金の額は少なくなるが、奉行所の捕吏が何十人も待ち構えているところへ、わざわざ捕まえてくれと言わんばかりに押し込むのは愚かだ。これまで、まんまと成功しているからと言って、次も成功するとは限らない。二日は初荷で福山屋も何かと慌ただしい。初荷が済むと、店の者もほっとして気が弛む。そんな隙《すき》を狙って三日に押し込みをせよと知恵をつけたのは誰か。賊にとっては元旦でも二日でも構わなかったはずだ。お奉行は三日という日付にこだわっておられた。奉行所も正月のことで警護の手が弛んでおる時だ。これは奉行所内で賊と内通している者がいるのではないかとお奉行の疑惑が膨らんだ。むろん、今のところは憶測《おくそく》の域を脱していないが」

山中はそう言ったが、龍之進は奉行の考えに疑問を持った。元旦は商家も年始に訪れる客で人の出入りが多い。二日も初荷だから同様だ。大晦日を避けたとすれば、賊にとって三日が妥当だった。誰かが知恵をつけるほどのことでもない。まして賊と内通している人間が奉行所内にいるとは笑止千万な考えだ。

「山中様は、該当《がいとう》する者に心当たりがあるのですか」

だが、銃五郎はまともに訊いた。山中は短い吐息をつき、しばらく黙ったが、やがて決心を固めたように、吟味方《ぎんみかた》の古川喜六ではないかと、低い声で言った。

「まさか！」

龍之進は声を荒らげた。古川喜六は見習いの頃から一緒に行動した仲間である。今まで不審を覚えたことはただの一度もない。

「だから、まだ憶測だと申しておろうが」

山中はいらいらした表情で応える。

「なぜ、喜六さんだと思われたのですか」

龍之進は怒気《どき》を抑え、低い声で訊いた。

「古川の実家は柳橋《やなぎばし》の料理茶屋である。商家から古川家の養子になった男だ。武士の心構えをうるさく叩き込まれて育った訳ではない。それに、養子になる以前には、はなはだ問題のある行動もあった。加えて三人の子供達には他の同心が真似のできない教育を施《ほどこ》しておる。娘には茶の湯、生け花、音曲《おんぎょく》、手習いをさせ、しかも身なりは贅沢《ぜいたく》だという噂だ」

「それだけで喜六さんを疑うのですか」

龍之進は呆れた。喜六の出自のことを朋輩《ほうばい》の橋口譲之進もしばしば揶揄《やゆ》することがあった。所詮、商家の出だと。だが、それが押し込み集団と通じる理由にはならない。

「暮らしが派手な者は今のところ他に見受けられない」

山中はきっぱりと言う。確かに三十俵二人扶持《ににんぶち》の同心の暮らしは、裕福とは言えない。だが、喜六の実家は、「川桝《かわます》」という柳橋で少しは聞こえた料理茶屋である。養子に出したとは言え、そこそこの援助もあるだろうと龍之進は思っている。

「喜六の周辺を調べろとおっしゃるのですか」

鉈五郎は醒《さ》めた眼をして訊いた。鉈五郎も喜六に疑いを抱いた山中に不快を感じているようだ。

「さよう」

「しかし、お疑いなら我らより、与力の片岡《かたおか》様のほうが、その任にふさわしいと考えますが」

片岡監物《けんもつ》は吟味方与力で、喜六の上司に当たる男だった。

「いや、それはまずい。奴はおぬしらが見習いの頃、指導係をしていた男だ。それなりに情がある。それが判断を迷わせる」

「お言葉ですが、我らも喜六さんとは一緒に仕事をして来た仲間でござる。仲間を裏切るようなことはできませぬ」

龍之進も鉈五郎と同じような意見を述べた。

「裏切る？」

山中はぎらりと龍之進を睨んだ。

「押し込みに加担する人間に、裏切るもへちまもない。これはお奉行よりの命令と心得よ。よいな」

反論する二人の口を封じるように山中は重々しく言った。二人は仕方なく、黙って頭を下げた。

二

「とんでもないことを頼まれたものだ」

座敷を退出し、長い廊下を戻りながら銈五郎は独り言のように呟いた。

「全くだ」

龍之進も相槌《あいづち》を打った。

「山中様のおっしゃることが事実だとしたらどうする」

銈五郎は試すように龍之進へ訊く。

「どうするって、おぬしは喜六さんを疑っているのか」

「疑いたくはないが、この世の中、何が起きるか知れたものではない。言われた通り、探りを入れるしかないだろう」

銈五郎は様々な思惑を取り払い、すでに務め向きの表情になっていた。一方、龍之進は喜六の身辺を探ることに何やら後ろめたさを感じていた。

「おぬし、これから差し迫った用事がなければ、どうだ、福山屋に行って、番頭にでも事件の話を聞かぬか」

銈五郎はそう続ける。

「うむ、そうだな。まずは福山屋に行って、もう少し詳しい話を聞く必要があるな」

午後から予定していたことはあったが、それは後回しにしても構わないと思った。それから二人は連れ立って浅草へ向かった。


福山屋は浅草広小路に面している東仲町《ひがしなかまち》に見世を構えている。吾妻橋《あづまばし》にも近いので、押し込み集団は吾妻橋を渡った先の本所に潜伏していたか、あるいは舟を大川の岸に着け、事を起こした後には舟で逃走したとも考えられた。福山屋が事件後届けた帳附願い《ちょうづけねが》にも、そのような記載があったと龍之進は記憶している。

帳附願いとは、奉行に差し出す言上帳《ごんじょうちょう》に事件があったことを書いて貰うためのものだ。言上帳は日誌のようなものだが、後日の捜査や証拠のためにも必要だった。いわゆる「お帳につける」という言葉は、この言上帳を指している。事件当日、七、八人の賊は夜陰に乗じて福山屋へ押し込み、主、お内儀、住み込みの奉公人を用意していた縄で縛り、猿轡《さるぐつわ》をかませ、主に金を出させたのだ。その金額はおよそ二百五十両とのことだった。死人《しびと》が出なかったのが幸いだったが、お内儀は事件の衝撃で体調を崩し、今でも不眠に悩まされているという。

一年半もの月日が経《た》っているので、福山屋は表向き、事件のあったことなど微塵も感じさせず、店の前には大八車《だいはちぐるま》が何台も止まり、繁昌の様子を見せていた。

地面まで届きそうな長い藍暖簾《あいのれん》を搔き分け、二人が中に入って行くと、手代、番頭が一斉にお越しなさいませ、と声を掛けた。広い土間にはこれから出荷される品物が簀子《すのこ》の上に積み上げられている。少し酸《す》っぱいような匂いがしたのは、昆布から醸《かも》し出されたものだろうか。

「これはこれはお役人様。お務めご苦労様でございます」

帳場格子にいた番頭らしいのが、慌てて立ち上がり、二人の傍に来て頭を下げた。

「北町奉行所の者だ。お前は番頭か？」

鉈五郎は慇懃《いんぎん》に訊く。

「さようでございます。番頭の忠助《ちゆうすけ》と申します」

四十がらみの番頭は愛想笑いを貼りつかせて応えた。長年、福山屋に奉公を続け、商売はもちろん、客の扱いにも如才なさが感じられる。番頭の見本のような男だった。

「昨年の正月に起きた押し込みの件で、少し話が聞きたいと思ってな」

鉈五郎はそう言って、店座敷の縁《ふち》に腰を下ろした。

「今さら申し上げることはございません。あの当時、洗いざらい申し上げておりますので」

忠助はつかの間、煩わしい表情を見せた。

「わかっておる。しかし、賊はまだ捕まっていないし、引き込み役と思《おぼ》しき女中の行方も知れない。お奉行はここの主と昵懇《じっこん》の間柄ではないか。今でも案じられておいでだ」

鉈五郎の言葉に忠助は表情を弛め、何んともありがたいことでございます、旦那様もきっと涙をこぼして喜ばれることでしょう、と応えた。それから後ろを振り向き、前髪頭の小僧に茶を出すよう言いつけた。

「主は在宅か？」

「いえ、あいにく外へ出ております」

「お内儀は？」

「申し訳ありません。お内儀さんはまだ、人とお会いできる情況ではございません」

「そうか……」

お内儀は今でも事件の残像に苦しめられているようだ。

「賊が捕まればお内儀さんもお元気になると思いますが、まだ、お奉行所は賊の目星がついていないご様子」

忠助は、ちくりと皮肉を込めた言い方をした。

「いや、目星はついておる。関八州を股に掛ける押し込み集団の仕業《しわざ》だ」

龍之進はさり気なく口を挟んだ。

「お梅《うめ》もその仲間だったとおっしゃるのですか」

忠助は信じられないという表情になって訊く。お梅とは行方の知れない女中の名前だった。

「わたしにはとても考えられません。うちの店の手代と所帯を持ち、近くの裏店に暮らし、通いで奉公を続けておりました。たまたま、事件の起きた夜は、身内の新年会がございましたので、その夜だけ泊まって貰い、料理を運んだり、後片づけをしたりするのを頼んでいたのでございます。お梅は真面目な奉公ぶりでお内儀さんにも大層可愛がられておりました」

忠助は早口に続けた。

「怪しいそぶりを見せぬのが引き込み役だ。何年も奉公して、主やお内儀を信用させ、隙を狙って錠を開けるのだ」

銃五郎は至極当然という表情で言う。

忠助はそれでも納得していないふうだった。

「そのお梅は、いつから福山屋に奉公していたのだ」

茶が運ばれて来ると、龍之進も店座敷に腰を掛け、間に忠助を挟む形になって訊いた。

「事件の起きる五年ほど前からです。馬喰町《ばくろちょう》の口入れ屋（周旋業）の紹介でした。当時は十八でした。それから二年ほど経って、うちの秀助《ひですけ》という名の手代と一緒になりました。秀助は前の女房を病で亡くしておりまして、男手ひとつで三歳になる娘を育てていたのです。その娘もお梅になついており、お梅も可愛がっておりました」

「後添《のちぞ》えだったのか……」

鉈五郎はぽつりと呟いた。

「お梅は福山屋に奉公に上がる前は、どこにいた？　十八になっていたなら、福山屋が初めての奉公とは思えぬが」

龍之進はお梅の来し方に探りを入れる。

「柳橋の料理茶屋にいたと聞いたことがございます」

「川桝か！」

鉈五郎は思わず甲走《かんばし》った声を上げた。

忠助はその声に少し驚いた様子だったが、さあ、存じません、と応えた。

「川桝に確かめたら、わかるだろう」

龍之進は、はやる鉈五郎を宥めるように言った。

「お梅が可愛がっていた娘を置き去りにすることは考えられません。これは様子のいいお梅に岡惚れした賊の一人が連れ去ったのではないかと、見世の者が噂しておりました」

忠助はそんなことも言う。

「お梅という女中は器量がよかったのか」

鉈五郎が訊くと、忠助は、その気になれば芸者もできそうなほどの器量でした、と言った。つかの間、忠助の表情に好色そうなものが走ったのを龍之進は見逃さなかった。お梅と忠助は訳ありだったのではないかと、ふと勘が働いた。ならばお梅を庇《かば》うのも道理だ。

忠助はお梅を騙《だま》したつもりでいたろうが、実は騙されていたということも考えられる。お梅が押し込み集団の引き込み役だとしたら、色仕掛けで忠助を丸め込むのは朝めし前だろう。何んとか、その辺りの話を引き出したかったが、忠助は存外、口が堅く、思うようには行かなかった。これ以上、忠助に話を聞いても、目ぼしい情報は得られないと察し、龍之進は柳橋に行くか、と鉈五郎を促《うなが》した。

鉈五郎も肯いたが、ちなみにこの店は川桝と取り引きがあるのか、と訊くのを忘れなかった。

「ございます。昆布、するめ、いりこなどを納めております」

「わかった。邪魔をしたな」

鉈五郎はぶっきらぼうに応え、腰を上げると、頭を下げる忠助を振り返りもせず、店を出た。

柳橋に歩を進めながら、お梅はあの番頭と何かあったな、と鉈五郎が言った。

龍之進と同じことを考えていたようだ。

「そうだな。お梅の色香にのぼせて深間になったんだろう。だが、関係が続く内、噂を恐れてやもめの手代に押しつけたのやも知れぬ。ところで、福山屋が襲われる一年か二年前の正月に、おれ達は仲間割れしたという盗賊の二人を捕縛《ほばく》したが、あいつらも元は同じ仲間だったのかな。関八州を股に掛ける押し込み集団と、仰々《ぎようぎよう》しい触《ふ》れ込みだったが、そういう押し込み集団が幾つもあるとは思えぬ」

龍之進は、ふと思い出して言う。

「まあ、同じ仲間だった可能性は高い。仲間割れした奴らが江戸に流れ、下手を打って、死罪となったので、本家本元が福山屋を襲い、手前ェ達の力を奉行所に見せつけたとも考えられる。さすれば、正月に事を起こした理由も腑《ふ》に落ちるというものだ」

「なるほど」

龍之進は大きく肯いた。

半町ほど歩いたところで、鉈五郎は、しまった、喜六が福山屋に顔を出したことがあるかと訊くんだった、と残念そうに顔をしかめた。

「戻るか？」

龍之進はすぐに言う。

「いや、今さらいい。あの番頭が喜六に手なずけられていたとしたら、正直なことを明かすとも思えぬし」

「喜六さんがあの番頭を手なずけている？」

そう訊くと、鉈五郎は立ち止まり、龍之進の顔を厳しい眼で見た。

「おぬしが喜六を疑いたくない気持ちはわかる。だが、これは山中様に命じられたことだ。もっと言うならお奉行の命令だ。私情を挟むな」

「それはわかっている」

「真偽のほどがわかれば、おのずと喜六への疑いも晴れる。そう思わぬか」

「逆に言えば、押し込み集団が次に商家を襲い、下手を打って捕まらない限り、喜六さんへの疑いは掛けられたままってことになるが」

龍之進は反論した。

「おれを苛《いじ》めるな」

鉈五郎は気弱な表情に変わった。

「別に苛めちゃおらん。しかし……」

「何んだ？」

「どうして喜六さんの名前が挙がったのか、不思議だな。たとい暮らし向きが派手に見えても、誰も押し込み集団と通じているとまで考えない。親の遺産が転がり込んだとか、富籤《とみくじ》に当たったのではないかと考えるのが普通だろう。まあ、富籤も大袈裟だが」

「お奉行が事件の起きた三日という日付にこだわったためだろうが」

「それにしてもだ。奉行所内で本当に賊と通じている者がいたとしたら、誰かに罪を被《かぶ》せる手段に出ることも考えられる。喜六さんは商家の出で、古川家の養子となった人だから、たとい罪を得ても、実家に頼れば、家族が路頭に迷うことはない。言わば敵にとって、喜六さんが罪を被せるのに格好の人間だと考えたとしたらどうだ？」

「誰だ、その卑劣な奴は」

「わからん」

「まさか、橋口ということはないだろうな。あいつは喜六のことを日頃からよく言っていない」

　銈五郎の疑いはあらぬ方向へ拡がる。

「これ以上、仲間を疑うのはやめないか。おれだって、考えれば考えるほど頭がこんがらがってくる」

　龍之進はやるせない声を上げ、月代の辺りをがりがりと掻いた。

「少し様子を見よう。もしもそういう者がいたとすれば、我らが山中様から喜六の探索を命じられたことはすでに察しておるはずだ。きっと、何か仕掛けて来る。それを焦らず騒がず待つのだ」

「焦らず騒がず、か。そうだな」

　龍之進は銈五郎に相槌を打つように応えた。

　それから柳橋の川桝で話を聞いたが、お梅という名の女中に心当たりはないという。

ただ、若い女中が所帯を持つ時、奉公をやめる場合も多いので、お梅が川桝で奉公したことがないとは言い切れない。偽名を遣っていたとも考えられる。

その日、龍之進と鉈五郎は新たな展開の糸口を摑めなかった。やはり、焦らず騒がず、敵が動き出すのを待つしかないようだった。

三

伊三次の弟子の九兵衛は日に一度は女房のおてんの話をする。新婚ほやほやの九兵衛だから、それも無理はない。伊三次は敢《あ》えてからかわず、黙って話を聞いていた。おてんがこげの多いめしを炊《た》いただの、だしを入れずに味噌汁を拵えただのと、九兵衛はおもしろそうに言う。おてんは今まで台所仕事をする機会がなかったらしい。

九兵衛の母親の指南で、これから台所仕事をそろそろ覚えるようだ。普通の娘だったら当たり前にできることも、おてんには難しいらしい。悔し涙をこぼすこともあるという。

「おてんちゃんは『魚佐』のお嬢さんだったから、無理もねェよ。九兵衛、あまり責めるな」

伊三次は話を聞きながら、さり気なく制した。

「暮らしてみねェと、女なんてわかりませんよね。おいら、おてんが見事に魚を捌くんで、他の事もお茶の子さいさいだと思っていたんですよ」

「まあ、お梶さんが傍についているんだから、その内に何んとかできるようになるさ」

お梶は九兵衛の母親の名だった。

「針仕事も駄目みてェですよ。浴衣《ゆかた》を縫ってごらんと言われたら、青い顔になって、すみません、できませんとお袋に謝っていた。お袋は面と向かって文句を言う女じゃないが、おてんのいないところでため息をついておりやした」

「針仕事なんて、うちの奴だって苦手だ。何んでも彼《か》でもできるおなごなんて、そうそういねェ。九兵衛、長い眼で見てやんな」

「へい、わかっておりやす。でもね、うちの親父とは馬が合うみてェです。親父は毎晩、おてんの酌《しゃく》で酒を飲むのが嬉しいらしいですよ」

「いいことじゃねェか」

伊三次に、ふっと笑みが湧いた。

「親父はおてんの気風《きっぷ》を買っているところがありますからね。おてんが拵えたものなら、こげめしだろうが、湯のような味噌汁だろうが喜んで喰っておりやすよ」

「岩さんが舅《しゅうと》でおてんちゃんも倖せだ」

九兵衛の父親の岩次はおてんを可愛がっているようなので、伊三次はほっとする。

二人は亀島町《かめじまちょう》の不破家の髪結いご用を済ませると、京橋・炭町の「梅床」へ向かっていた。伊三次は昼までそこを手伝い、昼からは日本橋の丁場《ちょうば》（得意先）を廻る予定だった。

「近頃、魚佐に奉行所の旦那が度々、顔を出すようになったとおてんが言ってましたが、親方、何んか聞いてますか」

九兵衛は、ふと思い出したように言った。

「さあ、何も聞いていねェが」

「魚佐に粗相があって罰金でも喰らうんじゃねェかとおてんは心配してるんですよ」

「それはねェだろう。魚佐は今まで地道に商いをして来た見世だ。盂蘭盆《うらぼん》の時期は掛け取りも普段より集まるから、気をつけろと注意をしているんじゃねェのか」

「だけど、やって来るのは高積《たかづ》み見廻《みまわ》りの旦那なんですぜ」

「高積み見廻りか……」

高積み見廻りとは、品物を制限以上に積み上げて運んでいないかと眼を光らせる部署で、与力一人に同心二人がその任に就いている。

「魚佐は船で運ばれた魚を見世に運び、それをすばやく小売りに卸《おろ》しているから、荷を積み上げてよそへ運ぶってのは、滅多にねェことだろ？」

伊三次は怪訝な顔で訊く。定廻りや臨時廻りの同心ならわかるが、高積み見廻りの同心が度々魚佐を訪れるのは、確かに解《げ》せない。

「いや、たまに大口の注文があれば運びやすよ」

「そうか。ま、おれも不破の旦那にそれとなく聞いてみるつもりだから、おてんちゃんには、あまり心配すんなと言いな」

伊三次は九兵衛を安心させるように言った。

「へい」

九兵衛は無邪気な笑顔を見せた。

しかし、九兵衛の話を聞いた後で、伊三次は妙な胸騒ぎを覚えた。表向きはわからないが、魚佐はもしかして、お上に背《そむ》くようなことをして、眼をつけられているのではないかとも思えてくる。地道に商いを続けて来たとは言え、目先の利を優先させることもあったはずだ。これまで見過ごされていたから、今後も大丈夫とは限らない。取り調べに当たる同心によっては、その辺りの線引きが難しい。

片方の同心がよしとしても、もう一方が駄目だと判断する場合もある。それは伊三次が長年、不破の小者《こもの》（手下）をして学んだことでもあった。

高積み見廻りの同心に直接仔細を問うことは憚《はばか》られる。ここはやはり、臨時廻り同心の不破友之進に相談するべきだろうと思った。

伊三次はその日の仕事を早めに切り上げ、夕七つ（午後四時頃）過ぎに亀島町の不破の組屋敷を訪れた。

幸い、不破は伊三次が訪れるひと足先に戻っていて、普段着に着替え、茶の間で孫をあやしていた。そんな不破の姿に当初は伊三次もとまどったものだが、今ではすっかり慣れた。気難しく、何かあれば怒鳴り散らす不破も、孫の前では世間並の爺《じい》様になるようだ。

「ちょいと相談がございまして」

伊三次がそう言うと、不破は心得顔で肯き、書物部屋へ促した。伊三次が急に現れたことで、不破も何かあったと、すばやく察したらしい。その辺りのあうんの呼吸も二人の間には、とうにでき上がっている。

書物部屋に座り、龍之進の妻のきいが茶を出して引き上げると、伊三次はおもむろに魚佐の話をした。

「まあ、盂蘭盆も近いので、魚佐も贈答用の魚を多く仕入れるのはわかるし、それを客の許へ運ぶ回数も増えているだろう。あまりに荷を積み上げて、縛っていた縄が弛み、傍にいた者に荷が落ちて怪我をしねェようにと取り締まるのが高積み見廻りの仕事だが、もうひとつ、市中の体裁《ていさい》を繕う意味もあるのよ。でか過ぎる荷が往来を通れば、誰だって眉をひそめるものだ」

「そうなんですか」

市中の体裁を繕うのも高積み見廻りの仕事だったとは、初めて知った。

「だから材木なんぞは江戸に運ばれて来ると、市中を通らず、筏《いかだ》に組んで木場《きば》へ持って行くじゃねェか」

「なある」

「もっとも、そのほうが手間も掛からねェしな。しかし、魚佐で扱うのはでかい材木じゃねェ。高積み見廻りが気にするほどでもねェと思うが。あるいは……」

そこで不破は言葉を切り、ざらついて来た顎の髭を指でなぞった。髭の濃い質《たち》の不破は夕方になると早くも伸びて来る。

「何んですか」

「魚佐が盗人に狙われているような話を聞き込んでいるやも知れぬ」

「まさか」

「だってよう、娘夫婦に家を建ててやったり、派手な祝言をしたりした噂は広まっているだろうが」

「………」

「誰もが魚佐は羽振りがいいと思っているはずだぜ。見世の銭箱には黄金《こがね》色したものが唸《うな》っているんじゃねェかと、盗人が眼をつけたとしてもおかしくはねェ」

「高積み見廻りの旦那は、それを心配して魚佐にやって来るんですかい？」

「ううむ。それもなあ、解せねェ話よ。これが三廻《さんまわ》り（定廻り・臨時廻り・隠密廻り）の連中ならわかる。だが、臨時廻りの中じゃ魚佐の話は聞いたこともねェ。龍之進なら、何か知っているやも知れぬ」

「若旦那はお務めが忙しいので、あまり早くお戻りにはなれないご様子ですね」

「なに、無駄にばたばた動き回っているだけよ」

不破が皮肉な言い方をした時、廊下に足音が聞こえ、龍之進が現れた。噂をすれば何んとやらである。

「どなたが無駄にばたばた動き回っているのですか」

龍之進は悪戯っぽい表情で不破に訊く。

「なに、こっちの話だ」

不破は慌てて取り繕った。伊三次は、くすっと笑いが込み上げた。

「伊三次さんがこの時間にやって来たということは、何か事件がらみなのかと気になりまして」

龍之進は着替えもせず、務めの恰好のまま腰を下ろした。

「いいえ、事件というほどのことじゃござんせん」

だが、心配なので龍之進にも魚佐の話を伝えた。龍之進は伊三次が意外に思うほど顔色を変えた。

「父上、魚佐を訪れるのは堀《ほり》さんですか、それとも太田《おおた》さんですか」

龍之進は、つっと膝《ひざ》を進めて不破に訊いた。それは高積み見廻りの二人の同心の名前だろう。

「ん？　どっちだろうな」

「確かめて下さいますか？」

「それは構わぬが」

「お願い致します」

「何んかあるのか」

不破は怪訝な表情で訊いた。

「まだ詳しい話は申し上げられませんが」

龍之進は言葉を濁す。

「お前ェ、山中様から内々の御用を頼まれたんじゃねェのか？」

不破がそう言うと、龍之進は明らかに狼狽した。

「どうして、そのことをご存じなのですか」

「どうしても、こうしても、おれと緑川も山中様に呼び出しを受けたのよ」

不破の言う緑川とは鉈五郎の父親の緑川平八郎を指す。

「ええっ？」

龍之進は次の言葉が見つからず、しばらく黙った。伊三次は二人が何んの話をしているのか、さっぱり見当がつかなかったが、余計なことは訊ねなかった。

「場合によっては、他に呼び出しを受けた者がまだいるとも考えられる。山中様も罪な人よ。あっちこっちに声を掛けて、いちいち他言無用と釘を刺して話をしている。それが奉行所内の混乱を招いているとは、つゆほども考えねぇ。所詮、お奉行についてご公儀の勘定奉行からやって来た人間だから、よくわかっていないのだ。だが、喋るなと言われりゃ、くそ真面目なお前ェは、おれにも喋るつもりはなかったんだろう」

不破は含み笑いを堪える表情で言った。

「くそ真面目は余計ですよ。山中様の話を真《ま》に受けたおれがばかでした。鉈五郎が聞いたら怒り出しますよ。もう、やってられないとばかり、手を引くかも知れません」

龍之進はくさくさした顔で言う。

「しかし、魚佐が狙われるとしたら、どうするつもりよ」

不破は真顔で訊いた。

「それは、堀さんか太田さんが向こうと通じているという意味ですか」

龍之進は訊き返す。

「わからん。おれはあの二人がそこまでするとは思えぬ。分け前を貰ったところで高が知れている。それで代々続いて来た役職を棒に振るのは愚かだ」

「でしたら、喜六さんに疑いをお持ちですか」

「何を言う。あいつは見習いの頃からお前ェと一緒にやって来た仲間じゃねェか。仲間を疑ってどうする」

「………」

「あのな。怪しい奴はそれとなく仕種に現れるものだ。それは同心だろうが、素町人《すっちょうにん》だろうが同じだ。喜六には、そんな様子は微塵もねェ」

「ですが、暮らしが派手だと山中様はおっしゃっておりました」

「喜六の家は三年ほど前に持っていた地所を手放したそうだ。子供の養育に金が掛かるようになったからだろう」

「こうなると山中様の意図が計りかねます。いったい、あの人は何を考えて我らに喜六さんの探索を命じたものか。しかも父上と緑川さんにまで」

龍之進はため息交じりに言った。

「そりゃあ、お奉行への点数稼ぎだろう。お奉行は押し込み集団を捕縛できねェことに焦っておられる。登城して上様や老中に早くせよと圧力を掛けられているやも知れぬ。色々、策《さく》を弄《ろう》しても敵が捕まらぬとなれば、奉行所内に間者がいるのではないかと極端な考えも頭をもたげる。町方役人の不祥事は、昔から多少はあったものの、押し込みと通じた者などいねェ。そんなことをしたら末代までの恥となる。あり得ぬ話だ」

不破はあっさりと切り捨てた。

「では、この件はどのようにしたらよろしいのでしょうか」

龍之進はそれでも心細い表情で訊いた。

「放っておけ。催促されたら、確たる証拠は出ていないと応えろ……しかし、魚佐のことは気になる。見世周辺の警護を強化しろ。おれは高積み見廻りに、それとなく話を聞いてみるゆえ」

「お願い致します」

龍之進は律儀に頭を下げた。不破の妻のいなみが蚊《か》やりを持って現れた。その後ろに子供を抱えたきいが続く。息子の栄一郎は首をねじ曲げて不破をじっと見ていた。

「おお、栄一郎。この爺に抱いてほしいのか。どれどれ」

不破は相好を崩した。龍之進と伊三次は、苦笑を堪えるのが容易ではなかった。

四

町のあちこちに草市《くさいち》が立つようになった。

盆行事で用いる灯籠《とうろう》、提灯《ちょうちん》、素麺《そうめん》、瓜、茄子《なす》、蓮《はす》の葉などが売られている。盂蘭盆は人々にとって、正月と並ぶ大事な年中行事である。十三日に家の門口《かどぐち》で迎え火を焚《た》いて先祖の霊を迎え、仏壇とは別に設《しつら》えた精霊棚《しょうりょうだな》に供え物をして祀《まつ》り、十五日過ぎに送り火を焚いて、先祖の霊を送り出すのだ。

この時期には親戚や世話になっている知人に進物《しんもつ》を贈答する習慣もあった。死者を供養するばかりでなく、生きている者にも礼をするのだ。離れて暮らしている両親や、仲人、武家なら烏帽子親《えぼしおや》（元服の時の介添え人）などにも魚を届けた。

新場の魚佐もそのために塩鯛や塩引きを、いつもの月より多目に仕入れている。平たい笊《ざる》に檜葉《ひば》などの青い葉を敷き、奉書紙《ほうしょがみ》と水引で飾った魚は見た目もよく、進物にふさわしい。

おてんは姑《しゅうとめ》のお梶にも助っ人を頼み、魚佐の仕事場で贈答用の魚の梱包《こんぽう》に追われていた。

注文数は三百にも及ぶので、とても一日でできる仕事ではない。この時ばかりは、おてんの母親も、前垂れ、襷掛《たすきが》けで手伝うのである。自宅の盆行事もろくにできないので、いつも早めに寺へ出かけて済ませているという。

梱包された魚は、できたそばから大八車で魚佐の奉公人が客へ届ける。荷を積み上げては魚の形が崩れるので、せいぜい、二十か三十四程度だが、それでも魚佐の前の通りでは高積み見廻り同心の堀幾右衛門《いくえもん》が眼を光らせて立っていた。

不破友之進がその堀に、それとなく魚佐を見張る意図を訊ねると、奉公人の中に例の盗賊集団の一人が紛《まぎ》れ込んでいるとの情報を得たからだと応えた。いや、それは、お手前の部署ではなく我らの管轄《かんかつ》であろうと反論したが、堀は、お奉行より直々のご命令である、ぐずぐずしているとお加役《かやく》様が乗り込んで来るやも知れぬ、そうなったら、わが北町奉行所の面目は丸潰れであるぞ、と勝ち誇ったように言ったそうだ。

お加役様とは火付盗賊改め方《ひつけとうぞくあらためかた》を指している。独自の探索で下手人を追い詰め、捕縛するやり方には定評があるが、奉行所の人間として彼らの出動は、喜べるものではなかった。奉行所の無能ぶりを晒《さら》すに等しい。

三廻りは蚊帳《かや》の外に置かれたのかと、不破は苦々しい気持ちだった。伊三次に言って、魚佐の奉公人を調べさせたが、怪しい人間は浮かんで来なかった。魚佐の主は戸締りの厳重を奉公人達に言い渡し、大金もなるべく手許に置かないように気をつけているという。

だが、それだけではもちろん、心許ない。

九兵衛は盆の期間中、おてんと一緒に魚佐に泊まり込むことにした。もしも、賊が現れたとしたら、すばやく外に出て、近くの自身番に知らせる手筈《てはず》も調《ととの》えた。そのための訓練も何度か行なったらしい。伊三次も念のため、龍之進と一緒に新場橋傍の自身番で待機することにした。その時点では、捕吏を募っての出動要請は出ていなかった。それが伊三次には、納得できないものがあった。だが、近くには三四《さんし》の番屋《ばんや》もあり、そこには定廻り同心の橋口譲之進と臨時廻りの不破、それに鉈五郎の父親が待機するとのことなので、それほど不安ではなかったが。

十六日のその夜、伊三次は五つ（午後八時頃）過ぎに新場橋の自身番に向かった。もう三日も張り込みが続いているので、いささか疲れも出ていた。当番の大家と書役《かきやく》も、盆のことで二人に留守番をすっかり任せたつもりになり、晩めしを届けると、そそくさと帰って行った。

まあ、何かあった時には駆けつけて来るだろう。

「若旦那。本当に押し込みは魚佐を狙っているんでしょうかね」

狭い自身番の座敷に座っていた伊三次は欠伸《あくび》を嚙み殺しながら訊いた。

「わからん」

龍之進はぶっきらぼうに応え、ぬるい茶を啜った。

「それよりも、おれは今回の流れがもうひとつ理解できんのだ」

龍之進は独り言のように続けた。

「とおっしゃいますと？」

「最初におれと鉈五郎は内与力の山中様に呼び出しを受け、他言無用と釘を刺されて、押し込み集団と通じている者を探れと命じられた。それは、父上の話から伊三次さんも、おおよそ察しをつけているはず」

「へい……」

「ところが同様のことを父上と緑川さんも命じられた。恐らく、高積み見廻りの堀さんと太田さんもそうだろう。いったい、山中様はどんな意図で、何人もの人間にぺらぺらと喋ったのか、不思議でたまらない」

「それもそうですね」

「押し込みと通じている者の目星がつかない内に、今度は魚佐が狙われているということになった。お加役様の出動がある前に何んとしても下手人を捕縛して奉行所の面目を保てとは、話があちこちに飛んで、焦点が定まらない」

　龍之進は首を傾《かし》げながら言う。

「内与力の山中様とは、どんなお人なんで？」

　山中と面識のない伊三次は、そう訊いた。

「うむ。お奉行がその任に就いた時、一緒にやって来られた方だ。元はご公儀の勘定奉行の役人だ」

「噂のある方なんですか？」

「噂？」

「そのう、借財があるとか、女がらみのいざこざを起こしたことがあるとかですよ」

「まさか、内与力に就いている人に、そんなことがあるものか」

「ですが、確かめる必要があるんじゃねェですか？」

「しかし……」

龍之進は及び腰だった。上司に疑いを向けるのは、畏れ多いことだと思っているようだ。

「仮に、仮にですよ。山中様が押し込みと通じている本人だとしたら、押し込みの連中は次の盗み働きの計画を山中様に洩らし、よしなに計らってほしいと頼むはず。いや、次はどこを狙えばよいかと山中様に相談しているかも知れやせん。山中様がそれを蹴った場合、連中は、それなら今までのことをばらすぞと脅しに出るはずでさァ。どの道、役人が悪事に加担して、只《ただ》で済んだことはござんせん」

「恐ろしい」

龍之進は身震いした。伊三次の話が現実味を帯びたものに感じたからだろう。

「だとしたら……」

伊三次は自身番の赤茶けた畳に眼を落として話を続ける。

「魚佐の押し込みはありますぜ。そこで連中を捕縛して牢屋送りにすれば、とり敢えず、山中様の身は安泰だ。連中が山中様の名前を出したとしても、誰も聞く耳は持たねェはず」

「今夜か？」

龍之進はぐっと首を伸ばした。

「それが本当のことだとしたら、今夜か明日の夜になると思います」

「わかった」

緊張で青ざめた顔で龍之進は応えた。盗賊を捕《とら》えることより、奉行所の人間が悪事に加担しているかも知れないと思うと、龍之進は恐ろしさにおののく。奉行所の役人にとって、本当の恐怖とはこれだった。それに比べて極悪人を捕縛することなど、易《やす》きことだと思えて来るから不思議だった。


自身番の壁に寄り掛かり、腕組みして二人は眼を閉じた。夏のことで風邪を引く心配はなかったが、じっとりと湧き出た汗が気色悪かった。

うつらうつらしただけのつもりだったが、二人は一刻（約二時間）ほど眠ったらしい。

自身番の油障子が乱暴に開いた音で二人は眼を覚ました。

九兵衛ではなく、おてんが荒い息をして立っていた。

「どうした？」

伊三次が訊くと、おてんはへなへなとその場に座り込んで泣き出した。おてんの足許は裸足《はだし》だった。

「押し込みがやって来たのか」

龍之進は片膝を立てて訊く。その拍子に帯の後ろに差し込んでいた十手《じって》にも手をやった。

おてんは、ようやく肯いた。伊三次はおてんの腕を取り、座敷に座らせた。

「賊は何人だ」

龍之進は泣いているおてんに構わず訊く。

「わかんない……」

「行きますか」

伊三次は龍之進を促す。龍之進はそれに応えず、黙って雪駄《せった》に足を通す。

「おてんちゃん、ここでじっとしてな。すぐに九兵衛を寄こすから」

伊三次はおてんの肩を叩いて宥めると、頭の髷棒を引き抜いた。髷棒には錐《きり》が仕込んである。十手を持たない伊三次の武器だった。龍之進は袖から襷を出して羽織の袖を括《くく》り、朱房《しゅぶさ》の十手を握り直した。

驚いたことに、魚佐に駆けつけると、山中が捕吏とともに中にいて、下手人と思しき男達を三人ほど縛り上げていた。山中本人も捕縛する恰好でいた。龍之進と伊三次の顔を見ると得意そうに「三人ほど逃走したが、残りは無事に捕縛した。幸い、金は盗まれず、死人も出ていない。いや、よかった」と言った。

「お務め、ご苦労様です。さすが山中様ですね」

龍之進は大袈裟に褒め上げたが、伊三次は皮肉なものを感じた。だが、山中には、その皮肉が通じていないようだ。自分が立てた手柄に興奮していた。捕吏の中には高積み見廻りの堀と太田の姿もあった。山中は今夜の出動のために二人を抱き込んでいたのだと、伊三次はようやく合点した。捕縛された盗賊は見世の土間に転がされていた。猿轡をかませ、喋れないようにしていたのも山中の采配《さいはい》だろう。ただ、底光りした眼で山中を睨んでいるのがわかった。

「親方！」

九兵衛が安心したように傍に来た。眼が赤く潤んでいた。九兵衛も相当に怖い思いをしたようだ。

「おてんちゃんは自身番にいる。すぐに迎えに行きな」

「へい」

踵を返そうとした九兵衛の袖を引き、役人達は、いつやって来たのかと小声で訊いた。

「賊が入って、わりとすぐでした」

「見世の錠は誰が開けた？」

「わかりやせん。物音がして、女中達の悲鳴が聞こえ、おてんが二階の窓から外に出ると、その後ぐれェに、どかどかと役人がやって来たんですよ」

「そうか、わかった……」

「そいじゃ、行きやす」

「後で、事情を聞かれるかも知れねェから、そのつもりでいな」

「へい」

九兵衛は肯くと、足早に魚佐を出て行った。

それから三人の賊を引き立て、一行は三四の番屋に連行し、その夜はそれで終わったが。

五

吟味方は賊の取り調べを行ない、口書《くちが》き（供述書）を取り、爪印《つめいん》を捺《お》させて彼らを小伝馬町《こでんまちよう》の牢屋敷へ送り込んだ。北町奉行は、押し込みの一味を三人でも捕縛したことに一時は安堵したが、山中が自ら捕吏となって魚佐に向かったことに疑問を持った。本来なら、内与力はそこまでしない。三廻りの同心が呑気だから、業を煮やして拙者が行動を起こしたとの言い訳を、素直に聞くほど奉行もばかではない。

吟味方与力から、賊が山中の指示で魚佐に押し入ったらしいとの報告を受けると、奉行の疑問は、はっきりとした形となった。山中が言い訳すればするほど、墓穴を掘り、ついには白状せざるを得ない情況に追い込まれたのだった。

山中は山中家の養子で、家つき娘の妻とは夫婦関係が思わしくなかった。特に跡継ぎの長男と、その下の次男が生まれてから、妻は露骨に山中を避けるようになったらしい。まだ三十代の山中は憂《う》さ晴らしに外へ出るようになり、料理茶屋の女中をしていた女とわりない仲となった。その女こそ押し込み集団の首領の娘で、福山屋にいたお梅の姉に当たるお磯《いそ》だった。その時点で、お梅も福山屋の引き込み役をしていたことが判明した。お磯は山中からたくみに奉行所の情報を引き出していたのだ。

後にその料理茶屋も襲われている。

ある瞬間から山中もそのことに気づいたが、もはや後戻りができないところまで行っていた。

押し込み集団は悪事を成功させると、山中に過分な祝儀を贈った。いつしか山中もそれに狎《な》れて行ったふしがある。しかし、油断のならない情況であるのは感じていた。特に奉行が自分に向ける眼に不信なものがあるような気がしていた。奉行の信頼を取り戻す意味でも、ここは押し込み集団の一味を捕縛するしかないと考え、強引とも思える方法を執った。それが魚佐を襲った盗賊を待ち構え、捕縛して、牢屋送りにすることだった。当日の夜は勝手口の錠を開けておくようにと、山中は堀を介して魚佐の女中に命じた。なに、念のため、中の様子を窺《うかが》うだけだと言って。住み込みの女中は同心の言葉に疑いを抱かなかった。山中は賊が仕事をしやすいように取り計らったのだ。首尾よく、賊を捕えた後に自分の名が出たとしても、それは賊の世迷言《よまいごと》とする魂胆《こんたん》だった。内与力ともあろう者にしては、あまりにあさはかな考えだった。

また、高積み見廻りの二人の同心は、微かに疑念を持ってはいたが、内与力の山中の命令には逆らえなかったと、後に上司の与力に打ち明けていたという。

しかし、山中の処分は内々にされ、幕府や南町奉行所に洩れることはなかった。奉行所に携わる人間として、龍之進は大いに不満だった。山中の罪は重い。しかるべき処罰は受けねばならぬと憤《いきどお》ったが、奉行より他言無用と厳重に口止めされたら、従わなければならなかった。

この先、私利私欲に走り、山中と同じようなことをする人間は再び現れるだろう。人間のすることは過去も未来も本質的には変わらないものだと思うばかりである。

ただ、龍之進には忘れられない光景があった。不破と緑川平八郎、それに龍之進と鮎五郎が山中を交えて、奉行直々に事情を聞かれた時のことだ。

その場所は、最初に山中に古川喜六の探索を依頼された役宅の座敷だった。

山中はこめかみから汗を流しながら俯いていた。そうして、言い訳は通じないと観念したのか、庭に足袋裸足のまま下りて、土下座した。

「何んの真似だ」

奉行は山中を見下ろし、低い声で訊いた。

「拙者は間違いを犯しました。この先はいかようにご処分されても、異議は唱《とな》えませぬ」

山中は声を絞り出すように応えた。

「土下座しているつもりか」

奉行の声が高くなった。龍之進はじっとなりゆきを見守っていた。

「土下座とはな……」

そこで奉行も自ら庭に下りて、あろうことか、山中の後頭部に足を置き、ぐっと踏みつけた。

「土下座とはな、額を地面に擦《こす》りつけることだ。たわけ！　貴様は土下座からして甘い」

奉行はそう言い放った。

蟬が鳴いていた。以前よりもはるかに数が増えているようで、その鳴き声も大きく聞こえる。そうか、山中は蟬だったのだと龍之進は合点した。学問や剣術に励み、山中家へ養子に入り、内与力にまで出世した男は、揺るぎない身分を手に入れると、箍《たが》が外れた。

山中は己れの先がないことを知らずに悟っていたのだろうか。我を忘れて女の色香にのぼせ、それで朽《く》ち果てても構わなかったのか。

龍之進にはわからない。額から血を流し、奉行に許しを乞《こ》う山中を呆然と見つめるばかりだった。

地鳴りのような蟬の鳴き声は続いていた。

山中は致仕《ちし》（役職を辞めること）したが、間もなく自宅で切腹して果てたという。

汝、言うなかれ

一

夜になっても暑さは一向に衰える様子がなかった。江戸は夏のさなかだった。不用心だが庭の雨戸を一枚だけ開け放している。それでも、さほど風は通らない。蚊帳を吊《つ》っているのでなおさらだ。全体が麻糸の網目になっている蚊帳が風を遮るとも思えないのだが、この季節では、その理屈も通らない。松葉緑《まつばみどり》の蚊帳はおとよが子供の頃から使っているものだ。二度ほど修繕に出しているが、今でも堅牢で綻《ほころ》びひとつない。蚊帳は、一家に一張は必要な家財道具である。とはいえ、買うとなったら大層高直《こうじき》で、米に換算すれば二石か三石にも当たる。蚊帳を買えない者は盛大に蚊遣《かや》りを焚いて藪蚊を防ぐしかない。

世間並に蚊帳を使えるのも親のお蔭だと、夏の季節になると、おとよは決まって思う。

おとよの子供達は蚊帳の中に敷いた蒲団に横になり、すでに規則的な寝息を立てて眠っている。おとよは寝る前に庭を飛び交う蛍《ほたる》を見せた。京橋・柳町《やなぎちょう》の漬物屋「村田屋《むらたや》」の庭は、夏になると、蛍が出ることで、近所でも評判になっていた。庭に小川を通しているせいだろうか。その他は特に変わった草木がある訳でもなかった。

「おっ母さん、きれいね。ちかちか光っているよ。どうして蛍は光るのかな」

五歳になる娘のおくみは不思議そうに訊いた。

「さあ、どうしてだろうね。おっ母さんにもよくわからないよ。でも、この世には色々な虫がいるってことさ」

おとよはそう応えた。三歳の次男の与吉《よきち》は、まだ口が回らないので、蛍のことをおたると呼ぶ。おくみは姉らしく、おたるじゃないの、ほたる、と窘《たしな》めていた。親子は、しばらくの間、蛍を見物した。蛍の光はつかの間、強くなったり、弱まったりする。まさしく、蛍が自分の力で光を発していることに合点《がてん》が行く。

闇の中に光る蛍は大袈裟でもなく、幽玄の心地がした。二階に部屋がある長男の節太《せった》郎《ろう》は、もう寝たろうか。八歳になる節太郎は昨年から一人で寝るようになった。幼い弟妹と一緒に寝るのが疎《うと》ましくなっているのだろう。もっとも、眠るまで古参の女中のおふきがつき添っているが。

「さあ、そろそろねんねしようね」

おとよは優しく二人を促した。お伽話《とぎばなし》をふたつほどすると、きゃっきゃっと笑い声を上げていた二人はおとなしくなり、ようやく眠ってくれた。おとよは団扇《うちわ》の風を送りながら、愛《いと》おしげな眼で子供達を見つめた。滅法界もなく倖せな気分だった。

（あの夜も、蛍は飛んでいたのだろうか）

おとよは十年も前の夏の夜のことを思い出す。人目を避けて手代の信助《しんすけ》を中庭に呼び出し、亭主になっておくれと迫ったのだ。

どうしてあれほど大胆なことができたのか、今でも不思議でたまらない。若さだろうか。

信助が承知してくれなければ、親戚が勧める縁談を考えなければならない。おとよは村田屋のひとり娘だったから婿養子を迎えることが定められていた。母親は大変な難産の末におとよを産み、一時は母子とも命が危ぶまれる情況だった。母親は産後の肥立《ひだ》ちも悪く、世話をしてくれた産婆は、この先、子供は諦めたほうがいいと言ったそうだ。その通り、母親は二度と子供を生まなかった。おとよはひとり娘として何不自由なく成長したが、年頃を迎えると、いやでも今後のことを考えない訳には行かなくなった。養子に入ってくれる人がいなければ見世は続かない。それはおとよもよくわかっていた。

漬物屋は寛永《かんえい》（一六二四～一六四四）の頃からあったが、当時は大名屋敷や大店の商家から注文を受けて品物を納めるのが、もっぱらだった。

そういう家は沢庵漬《たくあんづけ》だけでも一年に千本もの数を食する。千本ともなれば漬物樽《だる》の置き場所を考えるのも容易でない。それで餅は餅屋ならぬ、漬物は漬物屋に任せる所が次第に多くなったのだ。村田屋を興《おこ》した先祖は、天秤棒を担《かつ》いで漬物を売り歩いていたという。その頃には沢庵漬だけでなく、菜《な》の塩押《しおお》し（塩漬）、茄子の塩押し、酒粕《さけかす》漬、大根や生姜《しょうが》の梅酢漬、梅干しの紫蘇菜《しそな》漬、らっきょうなどの他、嘗《な》め味噌や煮豆も扱うようになっていた。それから何代か後の先祖が様々な漬物を薄く切り、数品を取り合わせ、折《おり》に詰めて売ることを思いついた。

これが当たった。見た目も美しい折詰は進物にも最適で、小折百八十四文の漬物は飛ぶように売れた。客の求めに応じて、中折、大折も作られるようになった。棒手振《ぼてふ》りから始まった村田屋は、今では京橋で金看板を掲《かか》げる老舗であった。おとよの両親も祖父母も、村田屋の商売を守ることに努力して来た。おとよにも、その気持ちは伝わっている。だが、意に染まない相手と一緒になりたくないと思っていた。親戚から持ち込まれた縁談の相手は、ひと目見ただけで虫酸《むしず》が走るような男だった。この節、養子に入ってくれる人など、そうそういないと、両親も親戚も言うが、いやなものはいやだった。だからおとよも必死で信助に縋《すが》ったのだ。

信助は今から十年ほど前、いや、十二、三年前になるだろうか。日本橋一帯を焼きつくした火事で親きょうだいを失い、天涯孤独の身の上だった。

近所の人間の口利《くちき》きで村田屋に奉公できたのは、不幸中の幸いだった。仕事は真面目だし、涼しげな容貌はおとよの好みでもあった。それに煩わしい身内がいないことも、おとよにとっては好都合だった。

「わたしはお嬢さんの亭主になれるような男じゃありません。もっと、ふさわしい方がたくさんいらっしゃいます。どうぞ、そちらの方と一緒になって下さい」

信助は何度も繰り返した言葉をまた口にした。二十歳を過ぎていたとはいえ、手代としての経験は浅い。信助は他の奉公人達に対し、遠慮もあったらしい。

「お前はそれほどあたしが嫌い？」

おとよは、すねた口調で訊いた。

「そういうことじゃありません。お嬢さんは可愛らしくて、優しい方です。わたしは村田屋さんに雇われている手代に過ぎません。後ろ盾《だて》になる親戚もいないのです。持参金も用意できないような男が、どうしてお嬢さんと一緒になれるでしょうか」

「持参金なんて一文もいらないよ。お前がこれまで通り、うちの商売を助けてくれるのなら、それで十分よ」

「しかし……」

信助はそれでも、うんと言わなかった。

「お前、もしや、言い交《かわ》した人がいるのかえ」

おとよは心配になって確かめずにはいられなかった。

「おりません」

その時だけ、信助はきっぱりと応えた。

「だったら、どうして」

「わたしは墓場まで持って行かなければならない事情を抱えているのです。そのために今後、女房を持つつもりもありません。ですから、お嬢さん。どうぞ了簡して下さい」

信助は思い切ったように言った。月は出ていなかったのだろうか。信助の表情は闇に溶けてわからなかった。夜気も生ぬるかった。

「お前にどんな事情があろうとも、あたしは構わないのだよ」

「ですが、それがばれたら、わたしは奉行所の役人にしょっ引《ぴ》かれ、お裁《さば》きを受ける羽目となります。そうなったら、村田屋さんも商売を続けられないでしょう」

「お前、いったい何をしたの」

「………」

おとよの問い掛けに信助がごくりと固唾《かたず》を飲んだのがわかった。

「あたしはお喋りな女じゃない。黙っていろと言えば、ずっと黙っているよ」

「ですが……」

「お前がどうでも不承知と言うなら仕方がないね。でも、あたしは今後、お前と涼しい顔で話なんてできない。お前は、どこかよそへ移ることになるだろうよ」

おとよの言葉は次第に脅しめく。それだけおとよも切羽詰まっていたのだ。

「お嬢さん、わたしは人殺しをした男なんです」

信助はとうとう白状した。そうしなければおとよが引き下がらないと思ったのだろう。

もちろん、おとよは驚いた。だが、同時に信助が何事もなく村田屋で奉公していることに疑問が湧いた。

「お前が奉行所の役人からお取り調べを受けたことなんてあったかしら」

「ありません。誰もわたしの仕業とは気がついていません」

「どうしてそんなことが……」

許されるはずがないと思った。信助は断るために拵え話をしているのだと、つかの間、思った。だが、そうではなかった。信助は決心を固めた様子で、吐息をつくと、ぽつぽつと事情を語り始めた。

二

あれは信助が村田屋に奉公に上がる少し前のことだった。その年の二月の晦日近くに日本橋周辺で火事が起きたのは、おとよも、よく覚えている。母親を幼い頃に亡くし、信助は父親と妹の三人暮らしだった。腕のよい指物師《さしものし》だった父親は男手ひとつで信助とふたつ違いの妹を育てていた。

妹も十歳頃から台所仕事を手伝い、不足はあったものの、何んとか親子は暮らしていたのだ。信助も父親の跡を継いで指物師になろうと考え、父親の傍で修業していた。ところが父親は無理が祟《たた》ったのか、病に倒れ、一家は途方に暮れた。父親の病は労咳《ろうがい》だった。収入がぴたりと途絶えた上に、薬料が嵩《かさ》んだ。知り合いに無心《むしん》していたが、それにも限りがあった。信助は日本橋の小松町《こまつちょう》で金貸しをしていた老婆を頼った。因業《いんごう》だと悪い評判が立っていたが、他にあてはなかった。

借りた金は期日が来れば返済しなければならない。信助は町内の鳶職《とびしょく》の頭《かしら》に頼んで、日雇いの仕事を回して貰ったが、それだけでは間に合わなかった。信助は仕事帰りに老婆の家を訪れて自分の家の事情を訴え、新たに一分（一両の四分の一）ほど都合してほしいと頼んだ。それに対し、老婆の返答はつれないものだった。

お前さんの家は、もはや立て直しができない、これ以上、金を貸しても焼け石に水というものだ、この際、思い切ったことをしなけりゃ、皆、野垂れ死にだ、と。

「思い切ったことって何んですか」

信助は、六十をとうに過ぎているのに白粉《おしろい》と紅《べに》をつけているおそわという名の老婆に訊いた。皺《しわ》の中に白粉が入り込み、却って皺が目立って醜い。おそわはそれに気づいているふうもなかった。

「親父さんを小石川《こいしかわ》の養生所《ようじょうしょ》に預けることだ。あそこは薬料が掛からないからね。それから、妹は吉原《よしわら》の小見世《こみせ》にでもやればいい。喰い詰めた家の娘は、たいてい、そうしているよ」

「それが思い切ったことになるんですか」

信助は少し怒気を孕《はら》んだ声で言った。

「他にどんな手立てがある。お前さんの親父さんは指物師をしていたそうだが、どうしてお前さんをよそへ修業に出さなかったのかね。そうすりゃ、こんな時、そこの親方に頼ることもできたのにさ。親父さんは指物師の腕がよくても、存外に世間知らずな男だね」

親父を扱《こ》き下ろされて、信助は怒りでいっぱいになった。長年、指物師をしていれば、自分で工夫を凝《こ》らした技《わざ》がある。それを伝えるために信助を手許に置いていたのだ。おそわは何もわかっていないと思った。

「親父は病人なんですよ。少しは気を遣ってくれても罰は当たらないでしょう」

「そんなこと、知らないよう。あたしの言うことが聞けないのなら、これ以上、金を貸すことはできない。さっさと帰っとくれ」

おそわは唇の端を歪《ゆが》めてそう言うと、信助に背を向けた。これ見よがしに長火鉢の抽斗《ひきだし》から銭を取り出して数え始めた。信助が、おそわさんのおっしゃる通りに致しやす、ですから当座の金を融通して下さい、という言葉を待っている様子でもあった。おそわは、これまで貧しい家の娘を何人も吉原に送り込んでいた。吉原には、おそわの友人の遣《や》り手婆《てば》ァがいることもそれとなく聞いている。仲介の手間賃を得ることが本当の目的で年頃の娘がいる家に金を貸していたとも思えた。

風の強い日だった。おそわの家の油障子もがたがたと耳障りな音を立てた。信助は空《す》きっ腹を抱えていた。朝から何も食べていなかった。このまま家に戻っても、米櫃《こめびつ》にはひと粒の米も残っていないのだ。父親は、早く死にてェと口癖のように言う。苦労続きの父親は最後までいい思いをすることなく死ぬのだろうか。信助は、世の中が不公平に思えて仕方がなかった。外から空《あ》き樽《だる》の転がる音もした。風はさっきより強くなっていた。

「いやだねえ、こんな夜は。おまけに疫病神《やくびょうがみ》もやって来てさ」

その言葉に信助の張り詰めていた糸がぷつんと切れた。

「誰が疫病神よ。え？　応えやがれ！」

それまで殊勝《しゅしょう》にしていた信助が声を荒らげたので、おそわは怖くなったのだろう。なに、独り言だよ、と言い繕った。だが、信助はおそわの顔を拳骨で殴った。畳に引っ繰り返ったおそわの身体に馬乗りになって首を絞《し》めた。自分でも歯止めが利かなかった。おそわは野太い悲鳴を上げたが、信助は力を弛めなかった。おそわの身体から力が抜け、やがて動かなくなった。かッと眼を開いたままのおそわが不気味だったが、信助は長火鉢の抽斗にあった金を掻き集め、それを袖に入れると、急いでおそわの家を出た。

まっすぐ家に帰る気にはなれなかった。檜物町《ひものちょう》の蕎麦屋の息子が信助の友人だったので、その蕎麦屋「益子屋《ましこや》」に寄って、熱いかけ蕎麦を二杯食べた。益子屋は暖簾を下ろす頃だったので、勧められるままに、友人の民吉《たみきち》の部屋に上がって茶を飲みながら世間話に興じた。

長居するつもりはなかったが、話に花が咲き、気がついた時は町木戸が閉まる時刻になっていた。帰ろうとしたが、やけに風が強いから、今夜は泊まって行けと民吉は言った。

父親と妹を前にしては、平静を保つことなど信助はできない気がした。勘のいい妹は何かあったと気づくはずだ。それなら、民吉の所にいたほうがいい。父親と妹も腹は減っているだろうが、明日帰ったら、好きなものを喰わせてやれると思った。民吉にも幾らか金を借りていたので、おそわから奪った金の中から返した。民吉はいつでもいいのに、と鷹揚な顔で笑った。

ところが、あの火事だ。真夜中になって信助は民吉に起こされた。寝ぼけまなこだったが半鐘の音には気がついた。

「火事だぜ。どうも近場のようだ。お前の所は大丈夫かな」

民吉は心配そうに言った。信助の家は日本橋に近い万町《よろずちょう》にあった。

「心配だから、様子を見に行くわ」

信助はすぐに言った。

「お、おれも行く」

民吉はそう応えた。二人が外に出ると、いきなり強い風に嬲《なぶ》られた。まともに歩くことも容易でなかった。それでも野次馬の後をついて行くと、空が炎で真っ赤に染まっていた。

日本橋通《とおり》南三丁目の大通りに出たが、その先には行けず、足止めを喰らった。川瀬《かわせ》石町《こくちょう》、小松町、平松町《ひらまつちょう》、佐内町、音羽町《おとわちょう》、青物町《あおものちょう》が燃えているという。万町は青物町の西にある町だった。

無事には済むまい。天罰だとも信助は思った。朝になったら、丸焼けとなった家を見るのだろう。だらだらと涙を流す信助を、民吉は、大丈夫だ、きっと親父さんとおちえちゃんは無事だよ、と慰めた。

おちえは妹の名だった。火事は強い風のせいで、燃え続け、夜明け前にようやく治まった。通行が許されると、信助と民吉は万町に走った。

辺り一帯はすっかり景色が変わっていた。

見慣れた町は焼け野原だった。所々、火災を免れた土蔵だけがぽつぽつと残っている。

案の定、信助の住んでいた家も、すっかり燃えていた。

「あれ、信ちゃん。無事だったのかえ」

声を掛けて来たのは、二軒隣りに住んでいた大工の女房だった。

「親父と妹はどこにいますか」

信助は早口に訊いた。途端に女房は顔を曇らせ、それが姿を見ていないのだよ、と言った。いやな気分がせり上がって来た。信助は家があったと思われる場所に足を踏み入れ、注意深く見て回った。すると、焼け焦《こ》げていたが、見慣れた妹の着物と帯が眼についた。

その横に父親が俯《うつぶ》せに倒れていた。二人とも逃げ遅れて焼け死んでいた。

「こっち、死人《しびと》がいますよう」

民吉が火消し連中に大声で叫ぶのを、信助は、心ここにあらずという態《てい》で聞いた。

これで、自分の一生は終わりだと信助は思った。間もなくおそわ殺しの下手人として自分はしょっ引かれるのだ。だが、自分ひとりが生き残ってもしょうがない。これでいいのだと、信助は腹を括った。

しかし、そうはならなかった。おそわの住む小松町も燃えたので、おそわも焼け死んだことになったのだ。あの時、焼死者が五十人以上にも上ったので、細かい取り調べよりも、後片づけのほうが優先されたらしい。

信助はしばらく益子屋に寝泊まりしていたが、益子屋の常連客の口利きで村田屋に奉公することを決めた。日雇いよりも給金はずっと高かった。家業の指物師をするには、信助の腕では、まだまだ無理だったせいもある。

「運がよかったこと」

おとよは低い声で言った。おとよは、そう言うよりほかに言葉が見つからなかった。

「世の中にはこんなこともあるのだと思いました」

信助は、しみじみとした口調で応えた。

「お前はそれまで真面目にやって来たから、神さんが味方してくれたんだよ」

「そう思っていただけるなら、わたしも気が楽になります」

信助は薄く笑ったようだ。

「大丈夫。あたしは誰にも喋らない。だから、お前もあたしの頼みを聞いて」

おとよは縋った。その時、信助はすでに決心を固めていたに違いない。秘密をひとりで抱えているより、ふたりで分かち合ったほうが気は楽だ。信助はそう思ったことだろう。

こうして信助はおとよの婿となり、おとよの父親が亡くなって家業を引き継いだ時からは村田屋信兵衛《しんべえ》と名乗るようになったのだ。

三

それから村田屋の商売は滞《とどこお》りなく続いたし、三人の子供にも恵まれ、おとよは倖せを嚙み締めていた。青物組合の世話役となった信兵衛には雑用が増え、出かけることが多いのは玉に瑕《きず》だが、おとよはさして不満も洩らさず、子供達の世話に明け暮れていた。信兵衛の秘密のことも、今では何事もなかったかのように思えていた。ただ、真面目が取り柄《え》の信兵衛にも、亭主となれば違う面が見えて来る。存外に意地があり、執念深いところもあった。

盆の時季の進物に客から注文を受け、例の詰め合わせを三十ほど届けた時、茄子の漬物が饐《す》えていると文句を言われたことがあった。

饐えているは大袈裟で、少し酸っぱみがついていた程度だった。普通は黙って食べてくれるものだが、癇症な客も中にはいる。信兵衛は一応、申し訳ありませんと頭を下げ、代金は受け取らなかった。しかし、暮にその客から新たな注文が来た時には拒否した。番頭の取りなしにも耳を貸さなかった。また文句をつけられ、代金を踏み倒されるのを恐れたのだろうが、おとよは、それだけではないような気もした。信兵衛はその客をずっと恨み続けていたのだと思う。そのくせ、村田屋の品物を持ち上げる客には、必要以上にもてなすところがあった。その差におとよは時々、とまどう。古参の番頭の庄助《しょうすけ》は、商家の主なんて、そんなものですよ、と笑っていたが。

青物組合の中にも信兵衛が気に喰わないと思っている人間が何人かいるようだ。それはどこの世界にもあることだ。愚痴を洩らす信兵衛をおとよは宥めたが、気持ちが治まった様子はなかった。

漬物屋の組合もあるにはあるが、京橋には大根河岸《だいこがし》にやっちゃ場（青物市場）があり、商売柄、そこから青物を仕入れている縁もあって、村田屋は昔から大根河岸の青物組合に入っていた。

信兵衛の目の上のたんこぶとなっていたのは、青物問屋「八百金《やおきん》」の主の金助《きんすけ》だった。信兵衛よりも十《とお》も上で、漬物屋を下に見ているところがあった。寄合の宴席でも、ほらほら、村田屋さん、お酒が足らないよ、ぼやぼやしないで追加しておくれ、と信兵衛を顎で使った。金助が村田屋の品物を取り寄せたり、客を紹介してくれていたのなら信兵衛も我慢したのだろうが、そうではないから、なおさら腹が立つらしい。堪忍袋《かんにんぶくろ》の緒《お》を切らした信兵衛が金助と口論になることも何度かあったようだ。周りの者が仲裁に入ってくれたので、おおごとにはならずに済んでいた。

しかし、金助も信兵衛に含むところがあったようで、村田屋の客をよその漬物屋に鞍《くら》替《が》えさせたりした。文句を言うと、それは商売上の駆け引きで、向こうは村田屋さんより値引きするんですよ、幾ら長年のつき合いでも、同じ品物なら安い見世に流れるのが人情というもの、と理屈をこねた。むろん、信兵衛も黙って見ていただけでなく、八百金から青物を仕入れることをやめた。それがまた金助の怒りに火を点《つ》ける、ということが繰り返されていた。

だが、二人の関係は金助の死で決着がついた。盂蘭盆が過ぎたある夜、青物組合の寄合が開かれた。幾つかの申し送りをした後、恒例通り、宴会となった。そこでは特に金助と信兵衛の諍《いさか》いもなく、宴会は何事もなく終わったという。金助は二、三人の仲間と連れ立って居酒見世《いざかみせ》に回ったようだが、信兵衛はなじみの小料理屋にひとりで立ち寄った。

帰りは四つ（午後十時頃）近くだった。信兵衛は少し飲み過ぎたと言って、すぐに床《とこ》に就いた。ところが翌朝になって、京橋川に架かる中ノ橋《なかのはし》の下に土左衛門《どざえもん》となった金助が浮かんでいたのだ。当然ながら、近所は大騒ぎとなった。金助と一緒に居酒見世に流れた連れは、金助は少し酔っていたが、足を踏み外して川に落ちるほどではなかったと言っていたという。それに南伝馬町《みなみでんまちょう》にある居酒見世にいたのは半刻（約一時間）ほどだったそうだ。それから金助は駕籠《かご》も使わず、大根河岸にある自分の家に歩いて戻るのを、連れは見ている。

おとよは信兵衛が金助を突き落としたのではないかと、ふと思った。信兵衛の様子が普段と違って落ち着きがなかったからだ。見世の手代が金助の死を知らせた時も、驚いたような顔をしたが、その後で、あの野郎はどうせ、まともな死に方をしないだろうと思っていたよ、と言った。

幾ら憎い相手でも、仏となったら、その死を悼《いた》むのが大人というものだ。おとよはそんな信兵衛を見て、決して口外しないと約束した秘密を思い出していた。

もしも金助をあやめたのが信兵衛だとしたら、信兵衛は二人の人間を手に掛けたことになる。そして二度あることは三度ある、の諺《ことわざ》通り、信兵衛は過《あやま》ちを繰り返すような気がしてならなかった。

三日に一度ほど、髪結いの伊三次という者が村田屋を訪れ、信兵衛の髪を結う。村田屋は古くから京橋の炭町にある「梅床」を贔屓《ひいき》にしていた。梅床は繁昌している髪結床なので、出かけて行っても待たされることが多い。

忙しい信兵衛は、その内、見世のほうに髪結いを呼び寄せるようになった。以前は利助という髪結いが来ていたが、主の十兵衛が中風《ちゆうぶ》に倒れてから、利助は常時、見世にいて客を捌き、代わりに十兵衛の義理の弟に当たる伊三次がやって来るようになった。伊三次は得意先の家を訪れて仕事をする廻り髪結いということだから、伊三次にとっても、うってつけのことだったはずだ。

伊三次は如才ない口を利き、希望通りに頭を結うので、信兵衛も伊三次のことは気に入っている様子だった。

その朝も、午前中の五つ（午前八時頃）ぐらいの時刻に伊三次が訪れ、台所の板の間で信兵衛の髭を剃《そ》った後、髪を結っていた。そこへ京橋界隈を縄張にする弥八《やはち》という岡っ引きがふらりと現れたので、おとよは心《しん》ノ臓《ぞう》の動悸が強くなった。金助の事件で話を聞きに来たのだと思った。弥八は湯屋「松《まつ》の湯《ゆ》」を営む傍《かたわ》ら、岡っ引きの仕事もしている男だった。

「お越しなさいまし」

おとよは緊張した表情で挨拶した。

「ちょいと邪魔するぜ。おィ、兄《あに》ィ、ご精が出るの」

弥八は信兵衛にひょいと頭を下げてから伊三次に気軽な口を利いた。どうやら二人は前々からの顔見知りらしかった。慌てて女中のおふきに茶の用意を言いつけた。構わねェでくんな、と弥八は応える。弥八は、そろそろ四十近い年頃で、貫禄もあった。

「どうした、朝っぱらから」

伊三次は手を動かしながら弥八に訊いた。

「例の八百金の旦那のことで、あちこち話を聞いているんでさァ」

「あの旦那は酔って足を滑らせたんじゃねェのけェ？」

伊三次は訳知り顔で言う。

「まあ、そうなんですけどね。色々、腑に落ちねぇところもあるんで、ちょいと調べろと不破の旦那がおっしゃったもんで」

不破の旦那とは、弥八に十手、鑑札《かんさつ》を預けている八丁堀の同心のことだろうと、おとよは当たりをつけた。金助の死に奉行所は不審を覚えているのだろうか。おとよの不安は募った。

「腑に落ちねぇところって何よ」

そう訊いた伊三次に弥八は応えず、あの日の寄合は旦那も出席していたんですよね、と信兵衛に訊いた。

「はい。翌日《よと》になったらあの騒ぎで、わたしも大層、驚きましたよ」

信兵衛は澱みなく応えた。

弥八はおふきが運んで来た茶をひと口飲んでから、旦那は、寄合の後はまっすぐ帰ったんですかい、と抜け目のない表情で訊いた。

「いや、わたしは常盤町《ときわちょう》のなじみの小料理屋に寄って、少し飲んでから戻りました」

「戻ったのは何刻ぐらいなんで？」

「何んですか。わたしを疑っているんですか」

信兵衛は、むっとして弥八を睨んだ。

「そういう訳じゃありやせんよ。寄合に出席した旦那衆には皆、聞いて廻っているんですよ」

弥八は取り繕うような感じで言う。

「常盤町の小料理屋と言えば『たぬき』ですかね。見世は狭いが、大将の腕がいいと評判になっておりやすよ」

伊三次が口を挟むと、信兵衛は、ああ、その見世だ、と渋々応えた。

「たぬきから別の見世に行きやしたかい」

弥八は早口に訊く。

「いや、他には廻っていない」

「そうですかい」

そう応えた弥八の声が吐息交じりだったのが、おとよには気になった。

「お内儀さん、その夜、ここの旦那が戻ったのは何刻ぐらいでした？」

弥八がいきなりおとよに訊いたので、おとよは慌てた。

「さあ、何刻だったのか、はっきり覚えておりません」

そう応えることができたのは、自分でも上出来だったと思う。しかし、弥八は、その時刻、坊ちゃんや嬢ちゃんも起きておりやしたかい、と訊いた。

「いいえ、子供達はとっくに休んでおりました」

「坊ちゃんや嬢ちゃんが床に就くのは五つ頃ですかい」

「ええ、だいたい……」

「寄合が終わったのは五つを少し回ったぐらいの時刻だったそうです。それから八百金の旦那は仲間と南伝馬町の居酒見世に行き、そこで半刻ほど飲んだようですから、八百金の旦那が居酒見世を出たのは四つ前ということになりやす。その居酒見世と大根河岸にある家まで、ほんの一町余り。家の傍に京橋川はありやすが、川は家より先にある。わざわざ、そっちまで行き、足を滑らせて川に嵌《はま》ったというのが解せねぇ訳で」

弥八は事件が起きた時刻と信兵衛が帰宅した時刻にずれがないか慎重に考えていた。

「なるほど」

伊三次はそう言って、信兵衛の髷の刷毛先《はけさき》を揃え、お粗末様です、いかが様で、と手鏡を差し出した。信兵衛は頭の形を確かめると、ありがとうよ、と短く応えた。

「八百金の旦那の亡骸《なきがら》に妙なところでもあったのけぇ？」

伊三次は髪結い道具を台箱に収めながら弥八に訊いた。

「顔に殴られたような痣《あざ》がありやして、それは人に殴られたのか、川に落ちた拍子についたものなのか、よくわからねぇそうです」

「酔いを冷ますために川風に吹かれる気になったのかな。おれは下戸《げこ》だから、酔っ払いの気持ちはよくわからねぇ。ま、いずれにしろ、ここの旦那には関わりのねぇことだと思うぜ」

そう言った伊三次の言葉が舞い上がりたいほどおとよは嬉しかった。

伊三次が暇乞いをしたのを潮に、弥八も腰を上げた。おとよは勝手口の外まで出て二人を見送った。

「つまらねェことをぺらぺら喋りやがって」

中に入ると、信兵衛が眼を吊り上げておとよに文句を言った。

「あたし、親分に訊かれたことに応えただけじゃないですか」

「黙れ！　あたしは何も知らないで通せばいいんだ。子供達が何刻に寝るだの、何んだのと。岡っ引きなんざ、人の言葉尻を捉えて突っ込んで来るんだ。それで罪人にされた者も多い」

「まさか、あの親分はそんなことしませんよ」

「とにかく、わたしはあの夜、たぬきからまっすぐ家に戻ったんだ。いいな」

信兵衛は念を押した。いいなって何？　おとよは訊きたかったが、信兵衛は足早に見世座敷に向かっていた。

信兵衛が家に戻ったのは四つ近くだった。

寄合の後に常盤町のたぬきに立ち寄ったとすれば、そこで半刻ほど過ごしたことになる。

それに対し、どうこう言うつもりはなかったが、金助が仲間と飲んで過ごした時間も半刻ほどだという。それはたまたまのことなのだろうか。それとも、金助が居酒見世を出るのを信兵衛は待ち伏せしていたのだろうか。後をつけ、金助の家の前で声を掛け、話があると中ノ橋に誘う。その時刻は通行する人間も少ない。金助を殴り、川に突き落として信兵衛は急ぎ村田屋に戻る。しかし、金助が助かったとすれば信兵衛の仕業は、すぐばれる。信兵衛は金助が動かなくなったのを確認してから家に戻ったのだろうか。

次々と疑問が浮かび、おとよの頭は混乱していた。

するとまた、信兵衛の秘密が思い出されて来るのだった。人の一生には様々なことが起きるが、人殺しをしでかす人間は稀だ。殺したいほど人を憎むことはあっても、実際にそれを行なうことはできない。それが普通の人間というものだ。では、どこが違うのだろうか。その境界は、あるのか、ないのか。考えても考えても、おとよにはわからなかった。

四

おとよは自分の悩みを母親にも相談できず、鬱々《うつうつ》した気持ちで毎日を過ごしていた。

しかし、誰の眼にもおとよが元気をなくしているのはわかり、母親のおつねは、たまにはおふねちゃんのところへ遊びに行っておいでよ、と勧めた。おふねちゃんとは、おつねの姉の娘で、おとよのいとこに当たる。おつねは、おとよが育児疲れしていると思ったようだ。

きょうだいのいなかったおとよは、昔からおふねとなかよくしていた。信兵衛の眼を意識せずに、おふねとお喋りができれば、少しは気が晴れそうな気もした。それで、子供達をおつねに任せ、詰め合わせの小折を手土産に、おとよは八丁堀の水谷町《みずたにちょう》の菓子屋「みのや」を訪れた。そこがおふねの嫁ぎ先だった。

おふねは突然の訪問にも拘《かかわ》らず、おとよを暖かく迎え、茶の間に招じ入れた。おふねは三人の息子の母親で、十三歳になる長男は去年辺りから板場に入り、菓子作りの修業をしている。次男と三男は、それぞれ十歳と八歳なので、手習所《てならいどころ》や算盤《そろばん》の稽古《けいこ》に忙しくしていて、おとよが行った時も、家にはいなかった。

「おふねちゃんの所はご繁昌で結構なこと」

おとよは久しぶりに会ったおふねに笑顔で言った。

「何をおっしゃることやら。うちは村田屋さんの足許にも及びませんよ」

おふねは謙遜する。太りじしのおふねは外見に違《たが》わず、よく笑い、鷹揚な人柄の女だった。茶請《ちゃう》けに出された椿を象《かたど》った練《ね》り切《き》りは、長男が拵えたものだと言った。

「まあ、いっちゃんは、もうお菓子が作れるのね」

おとよは驚いた声になる。長男の市太郎《いちたろう》は順調に菓子職人の道を歩んでいるようだ。

「まだ、お客様にはお売りできませんよ。これは、言わば賄《まかな》いのお菓子よ」

「賄いなんて言ったら、いっちゃんに失礼よ」

おとよはさり気なくおふねを窘めた。

「見世が終わってもひとり残って、あれこれ工夫して作っているようなの。夢中になると、ごはんを食べるのも忘れてしまうのよ」

「いっちゃんがいれば、みのやさんは安泰ね。羨ましいよ。うちの節太郎も見習ってくれたらいいのだけど」

「大丈夫よ。何しろ、おとよちゃんのお父っつぁんもお祖父《じい》さんも仕事熱心な人だったから。ああ、信兵衛さんも負けずに熱心だけど」

「どうかしらねえ。うちの人は元々、指物師をしていた家に生まれた人だから、漬物屋の仕事が性に合っているのか、そうでないのか、わからないのよ」

「だって、信兵衛さんは青物組合の世話役もしているんだろ？　商売が性に合うも何も、今さら言っても始まらないことだ」

「それはそうだけど……」

「あんた達、うまく行ってるの？」

おふねは、つかの間、心配そうな表情になった。

「ええ、何んとか」

　おとよは笑顔を拵えて応える。

「それならいいけどさ。そう言えば、八百金の旦那が川に嵌って溺《おぼ》れ死んだそうだってね」

「知っていたの？」

　おとよの胸にちくりと痛みが走った。

「お客さんから聞いたよ。八百金の旦那は、まだ四十そこその年だったから、大層、驚いたよ。酔っていると何が起きるか知れたもんじゃないね」

「八百金さんは、まだ溺れ死んだと決まった訳じゃないのよ。もしかして、誰かに突き落とされたかも知れないんですって。近所の岡っ引きの親分がそう言っていた」

「人殺しなのかえ？　おや怖い」

　おふねは眉を顰《ひそ》めた。

「うちの人の所にも親分がやって来て、色々、あの夜のことを聞いたのよ」

「信兵衛さんは何んて応えたのだえ」

「うちの人は寄合が終わった後に、たぬきに寄ったから、八百金さんのことは知らないって」

「人殺しだとすれば、誰がそんなことをしたんだろうね。組合の仲間だろうか」

「わからないのよ。もしかして、うちの人だったらどうしようと考えると、頭がおかしくなりそう」

「考え過ぎだよ、おとよちゃん」

「でも、八百金さんとは商売上のことで、今まで諍いになることもあったし」

「だからって、人殺しまでするものか」

おふねは笑って取り合わなかった。

「もしもよ、うちの人がお裁きを受けたとしたら、村田屋はもう商売を続けられないでしょうね」

「商家は信用が第一だから、見世から縄つきを出したとなったら、商売を畳むことになるだろうが、信兵衛さんは養子に入った人だから、そこのところはどうかねえ。あら、やだ。釣られて真面目に応えてしまったよ」

「ううん。世の中は何が起きるかわからないから、念のため、もしものことも考えておきたいのよ。ねえ、続きを聞かせて」

おとよは、まじまじとおふねを見つめた。

おふねは、老舗が罪人を出した例を持ち出した。罪人は信兵衛と同じように娘の婿となった人間だった。事件当初は見世の大戸《おおど》を下ろし、謹慎していたそうだが、一年ほど経った時、商売を再開したという。初めは客もなかなか戻らなかったが、その娘は先頭に立って贔屓の客の所を廻り、どうにか見世を引き立ててほしいと頭を下げたそうだ。そのお蔭で、客は渋々だが、見世の品物を買うようになり、やがて以前の八割方、勢いを取り戻したという。

「そうか。あたしががんばればいいのね」

おとよは夜が明けたような気持ちになった。

おふねは、そんなおとよを怪訝そうに見ていた。

おふねの所で一刻（約二時間）ほど過ごし、市太郎の拵えた菓子を貰っておとよはみのやを出た。

岡崎町の大通りまで来ると、おとよは後ろから声を掛けられた。振り向くと、髪結いの伊三次が笑顔を浮かべて立っていた。

「用足しですかい？」

「いいえ。いとこの家にちょっと行って来たんですよ」

「ご新造《しんぞう》さんはみのやさんから出ていらしたようですが、いとこさんの家は、その見世ですかい」

「ええ」

「手前は菓子が好物で、よくみのやさんで菓子を買うことがありやす」

と思う」

「まあ、嬉しい。今度会ったら伝えておきますよ。きっと、おふねちゃん、大喜びする
「大喜びは大袈裟だ。たまに豆大福や麦落雁《むぎらくがん》を買うぐらいですから」

「お客様はお客様よ」

「これから村田屋さんにお戻りですかい」

「ええ」

「そいじゃ、そこまでお送りしますよ。なに、手前も梅床に行くところだったんで」

「まあ、そうですか。伊三次さんと道行《みちゆき》ね」

おとよが悪戯っぽい顔で言うと、伊三次は苦笑した。

「伊三次さんは京橋の親分とお親しいようですね」

おとよは歩きながら訊いた。

「へい。もう二十年以上のつき合いになりやす」

「じゃあ、親分に頼まれたら何んでも力になるのね」

「まあ、そうなんですが、手前は八丁堀の旦那の頭も任されておりやすので、その関係で、旦那から野暮用を押しつけられることもありやす。弥八も、その旦那の手下なんですよ」

「伊三次さんは十手を持っていないけれど、岡っ引きの親分のようなものなの?」

「そんなふうに考える人もおりやす」

「さぞ、たくさんの事件に関わって来たのでしょうね」

そう訊いたおとよに返答しなかったのは図星なのかと思った。

「人殺しの下手人も見たことがあるのでしょう？」

「ええ、まあ……」

「あたし、前々から考えていたんですけど、人殺しをする人間と普通の人間と、どこが違うのかしら。それがどうしてもわからなくて」

「商家のお内儀さんの考えにしては突飛《とっぴ》ですね」

伊三次は、はぐらかすように応えた。

「そうかしら。でも知りたいのよ」

そう言うと、伊三次は短い吐息をつき、人殺しをする人間と普通の人間との間に、さほど差はねェと思いやす、人殺しを屁《へ》とも思わねェ悪党は別ですが、と応えた。

「ただ……」

伊三次は空を仰いで続ける。秋らしい薄青い空が頭上に拡がっていた。

「殺すか殺さないかの一線はあると思いやす」

伊三次は言葉を選ぶようにして言った。

「一線を超えた人は何かあれば、また同じことをするのかしら」

「人ってのは弱い生きものでしてね、悪事がひとつうまく行くと、何んだ、こんなものかと思い、また同じことをやる者が多いんですよ」

「そうなんですか」

「何か気懸かりでもあるんですかい」

「いいえ、特には。でも、十年以上も前に日本橋で火事が起きたことがあったでしょう?」

「へい……」

伊三次は二、三度、眼をしばたたいて応えた。そんなことを言い始めたおとよに、とまどっている様子だった。

「焼け死んだ人もたくさんいましたよね」

「へい。五十人以上も死にやした。手前の知り合いも何人か命を落としておりやす」

「あたし、あの火事の前に、もしも人殺しが起きたとして、その殺された人も火事に遭って家を焼かれたとすれば、下手人はわからず仕舞いになるのかなあと思って……」

おとよの話を伊三次は笑わなかった。考えられねェことでもありやせん、と真顔で言った。

「たまたま罪を逃れたとしても、人殺しは人殺しよ。そいつもまた、人殺しを繰り返すものかしら」

「どうでしょう」

伊三次は曖昧《あいまい》に応えた。

「ごめんなさい。変な話ばかりして。でも、伊三次さんと話をしたお蔭で、少し、胸のつかえが下りた気がします。ありがとうございます」

村田屋の前に来た時、おとよはそう言って頭を下げた。いえ、礼には及びやせん、と伊三次は笑顔で応えたが、おとよが見世の中に入った途端、唐突に笑顔を消したのには気づかなかった。

伊三次は梅床には行かず、北へ歩みを進めた。呉服橋御門内《ごふくばしごもんうち》にある北町奉行所に行き、大門の前で臨時廻り同心の不破友之進か、その息子で定廻り同心をしている龍之進を待つつもりだった。お宮入りになっていた事件の糸口が摑めそうだったからだ。

五

八百金の主、金助を殺したのは信兵衛ではなかった。寄合の後、金助とともに南伝馬町の居酒見世に流れた仲間の一人で、金助の儲け話にうかうか乗って、大損をした男だった。

どうしてくれると金助に詰め寄ったが、金助はそしらぬ顔を通したという。業を煮やし、その男は居酒見世を出た金助の後を追い、腹立ち紛れに金助を殴った。金助は男の剣幕に恐れをなし、中ノ橋まで逃げたが、そこで追いつかれ、揉《も》み合った後、川に突き落とされた。しかし、通称かねまさと呼ばれていた青物屋政吉《まさきち》に殺意はなかったと思われる。金助を一、二発殴り、川に突き落として溜飲を下げた程度だろう。金助が自力で岸に這《は》い上がるものと政吉は考えていたらしい。ところが、翌日に変わり果てた金助の姿を見て、政吉は急に恐ろしくなった。酒が入っていた金助は秋口とはいえ、冷たい川の水に浸《つ》かり、心ノ臓に、うっと来たようだ。政吉は何日か悩んだ末に青物組合の長《おさ》に相談し、その長につき添われて弥八の詰めている京橋の自身番にやって来て、白状したのだった。

青物組合は臨時の寄合を開き、政吉の死罪を回避するべく助命嘆願書を作成して奉行所に提出する所存だった。そんな最中に、またしても組合が頭を悩ます事件が持ち上がった。

今度は村田屋信兵衛に人殺しの容疑が掛かったのである。村田屋に京橋の岡っ引きが頻繁に出入りするのを見れば、誰でも何かあると思いたくなる。組合の中には事情通の人間もいる。その男が、もしやと当たりをつけたのが、十三年前、小松町の金貸しおそわが一帯を襲った火事で命を落とした一件だった。

当初は焼け死んだものと思われていたが、乾物屋の番頭をしている息子が後始末にやって来た時、おそわが貯めていたと思われる金が見つからなかった。帯に挟んでいた紙入れの中には小銭が入っていたが、それ以外はなかったのである。火事で燃えたとしても銀や銅の残骸は残る。当時、四十歳の息子は、火事泥棒にやられたか、あるいは、その前に殺されて金を奪われたのだろうかと、火消し連中や調べに訪れた奉行所の同心に話していた。

おそわの首に絞められた痕《あと》があったが、他にはさしたる証拠もなかった。

当時、火事の調べをしていた不破友之進は、おそわの死に不審なものを感じていたが、おそわに金を借りていた者の名前が把握できず、おそわは帳簿上、焼け死んだということで処理されたのである。

信兵衛もあの火事で罹災したことは、不破も知っていた。父親と妹を亡くした信兵衛が村田屋の養子になったことには、不破も内心で喜んでいた。不幸に負けずに真面目に働く信兵衛が好ましかった。

ただ、金助の事件で色々、調べを進めて行く内、金助をよく思っていない人間が何人か浮上して来た。その中に村田屋信兵衛も入っていた。信兵衛が金助とうまく行っていなかった理由を探ると、おおかたは商売上の駆け引きで、とくに目くじら立てる筋《すじ》のものではなかった。同じ組合に入っているなら、衝突することも何度かあるはずだ。いやな奴と思っても、それを堪えてつき合いをするのが商売人である。ところが、村田屋は、ここ三年ばかり、全く八百金から品物を仕入れていなかった。八百金は江戸近郊の農家を何軒もその下に抱えていた。大根河岸のやっちゃ場でも八百金は上位に数えられる青物問屋である。

漬物屋の村田屋にとって、八百金に頼めば青物の数が揃う。沢庵だけでも何千本も漬けるのだから。

伊三次の話では、信兵衛が相当の意地っ張りだという。信兵衛は意地でも八百金と取り引きしたくなかったのか。まだ三十代の信兵衛に青臭いものが抜けていないとしても、その頑《かたく》なな態度が不破の気持ちに引っ掛かった。

それで、それとなく信兵衛の周辺を洗っている内、檜物町の益子屋という蕎麦屋の主が子供の頃からの友人だとわかった。そして、火事が起きた日の夜、益子屋が店仕舞いする時刻に信兵衛がやって来て、泊まったことも突き留めた。日雇いの仕事が終わったのは夕方である。それから益子屋に訪れるまで、信兵衛はどこにいたのだろうか。信兵衛に対する疑いは膨らんだ。

信兵衛がおそわを殺したことを白状しなければ、事件は闇に葬られたままだ。だが、人間は、よほど肝っ玉の据《す》わった者でなければ、隠し通せるものではない。誰かに打ち明ける。

あるいは匂わせる。その相手とは信兵衛の女房だろう。伊三次はおとよとの話で、ピンと来るものがあった。不破はそれからおそわの息子、信兵衛が当時住んでいた裏店の住人、益子屋の民吉、おそわの家の近所に住んでいた人間などから、信兵衛がおそわから金を借りていたらしいことを摑んだ。だが、証拠というものがないので、後は信兵衛が自白するのを待つだけだった。伊三次は菓子屋のみのやを訪れ、あの日、おとよがどんな話をしたのか、さり気なく訊いた。それによると、おとよは縄つきを出した商家はどうなるのかと、大層気にしていたそうだ。伊三次はおとよが何か知っているものと確信した。

そうして、信兵衛を捕縛する前に、おとよを自身番に呼んで話を聞くこととなった。もう、その頃には噂が広まっていた。信兵衛は生きた心地もしない日々を過ごしていたはずだ。

弥八が村田屋の勝手口から中に入って、ちょいと来ておくんなさい、と声を掛けると、たまたま傍にいた信兵衛が、お前、何をした、と声を荒らげた。

「あたしは何もしておりません。知りません！」

おとよは悲鳴のような声を上げた。

「大丈夫ですよ、ご新造さんが何もしていないのは、ちゃんとわかっておりやすから。ただ、話を聞くだけでさァ」

弥八は宥めるように言った。

「何んの話だ。え？　言ってみろ。岡っ引きといえども、ただでは置かない」

信兵衛は眼の色を変えて弥八に喰って掛かった。弥八はそうされて、頭にカチンと来たようだ。弥八も信兵衛に負けず劣らず意地は強い。

「ただでは置かないとおっしゃいましたか。いってェ、どうするおつもりで」

弥八は信兵衛を横目で見ながら訊いた。

「業腹な岡っ引きがいると、奉行所に訴えてやる」

「あっしが業腹なら、旦那はどうなるんでしょうかねえ」

「なに！」

「下手なことはおっしゃらねェほうが身のためですぜ」

弥八は脅しを掛けた。

「おとよ、お前、喋ったんだな」

信兵衛はしゃがれた声で訊いた。信兵衛の顔色は真っ青だった。自分の言葉が墓穴を掘ったことに気づいていなかった。

「何も喋っておりません。お前さん、あたしは何もしていないのよ。信じて」

おとよは涙声で縋った。

「うるさい！　所詮、おなごは駄目だ。あれほど念を押したのに」

「だから、あたしは何も……」

「ご新造さん、ささ、痴話喧嘩をしている暇はありやせん。すぐにお店《たな》に戻れますから、あんまり心配なさらずに」

弥八は、やんわりと諭した。この時、弥八は、信兵衛に対して、ある確信を持ったものと思われる。

「本当に本当？」

「もちろんですよ。ご新造さんは何ひとつ悪いことはしておりやせん。それは、よっくわかっておりやす」

弥八がそう言った途端、信兵衛は慌てて外に逃れようとした。だが、すぐに足が止まった。髪結いの伊三次と定廻り同心の不破龍之進が待ち構えていた。

「そこをどけ！　わたしは用事があるんだ」

「旦那、逃げても無駄ですよ。調べはあらかたついているんですから」

伊三次は低い声で言った。

「わたしが何をした。はっきり言ってみろ！」

「そいつは旦那の胸に聞いてみて下せェ」

「知らん。髪結いの分際で岡っ引きの真似をするとは、ふとどきな奴だ」

「へい、おっしゃる通り、手前はふとどき者でございやす」

伊三次の冗談に龍之進がぐすっと噴《ふ》いたが、すぐに真顔になって言った。

「十三年前、金貸しのおそわを殺し、金を奪って逃げたのはお前だな」

「それは言い掛かりだ。わたしは火事で父親と妹を失い、苦労して今の地位に就いたんだ。火事で焼かれた者の気持ちがわかってたまるか」

信兵衛は咽《むせ》びながら言った。同情を引くような感じでもあった。

「わかりますよ、旦那。わたしもあの火事で家を焼かれたんですよ。手前ェだけが苦労したなどと思わねェことです。生きてりゃ、いろんなことがありますからね」

伊三次は笑みを浮かべて信兵衛に言った。

「わたしは喋らない。決して喋らない。喋ってたまるか」

信兵衛は自棄《やけ》になって怒鳴った。

「そいじゃ、ご新造さんは自身番で、お前は三四の番屋に行って貰うことにする。そのほうが話が早い」

龍之進が言うと、なおも信兵衛は逃げようとあがく。伊三次は信兵衛の腕を取って後ろに回した。信兵衛は呻《うめ》いた。

「旦那。手前は心底残念ですよ。これで得意客が一人、減ってしまいましたからね」

言いながら伊三次は龍之進から渡された腰縄を信兵衛に掛けた。

わっと泣くおとよが伊三次は不憫《ふびん》でならなかった。

「あたし、うちの人のことなんて、ひと言も喋っていないのに」

おとよは、しゃくり上げながら言った。

「へい、確かに。ご新造さんは何も喋っておりやせん。ご新造さんは、八百金の旦那を殺したのは、ご亭主じゃないかと疑っていただけです。なぜなら、一度人殺しをした人間は、再び人殺しをするかも知れないと、ご新造さんは心配していたからです」

図星を指され、おとよは大きく眼を見開いて伊三次を見た。

「どうして……」

どうして自分の気持ちがわかったのかと、おとよは訊きたかったらしい。

伊三次は、そんなおとよに笑顔を向けた。

「ご新造さん、坊ちゃんやお嬢ちゃんのために踏ん張って下せェ。村田屋を潰さねェで下せェ」

伊三次の言葉におとよは応えることができなかった。おつねの胸に縋って泣くばかりだった。

「うちの娘をこんな目に遭わせて。鬼、ひとでなし！」

おつねは叫んだ。それに対し、信兵衛は何も言わず、気が抜けたような表情をしているばかりだった。

「あの火事から、もう十三年も経ってしまったんだねえ」

伊三次の女房のお文がそう言った。

「光陰矢のごとし、とはよく言ったものよ」

伊三次も相槌を打つように応える。

「本当だね」

お座敷を終えたお文は、お座敷着のまま、長火鉢の前に座って茶を淹《い》れた。それを飲みながら、伊三次も過ぎた歳月に思いを巡らせた。

「しかし、人間てのは、秘密を隠し通すことはできねェもんだと思い知ったぜ」

伊三次はしみじみと言う。

「これは内緒だよと言って打ち明け話をしても、いつの間にか周りに広まっているよ。本当に内緒にして置きたきゃ、喋らなければいいのにさ」

「全くだ」

「何んだろうね、その心持ちってのは」

「わからねェ」

「村田屋の旦那はどうなるのさ」

「恐らく死罪だろうな」

信兵衛は、決して喋らないと言ったくせに、吟味方同心の古川喜六が、もはや言い逃れはできませんから、ここはおとなしく白状しましょうや、と柔らかい口調で諭すと、あっさりと自白した。金貸しのおそわが、どれほどひどい女だったかを涙ながらに訴えた。

「わかりますよ。さぞ辛かったでしょうね。無理もありませんよ」

喜六は言いながら、供述書に捺す爪印を促す。その手際のよさに龍之進は内心で苦笑したという。

「さあ、これから小伝馬町の牢屋敷に身柄が移りますが、色々、大変ですよ。少しでも待遇をよくしたいと思うのでしたら、そこにいる中間に知恵を借りて下さい。わたしからは、ちょいと申し上げ難いので」

喜六は牢名主《ろうなぬし》に差し出すツルのことを暗に匂わせていた。こうして信兵衛の身柄は牢屋敷に移され、後は白洲《しらす》で北町奉行の裁きを待つだけだ。単なる死罪か、市中引き廻しの上、獄門《ごくもん》となるかは、奉行の考えにもよるので、伊三次は予想がつかなかった。おとよも何らかの罪に問われるのかと心配したが、信兵衛と一緒になった経緯を訊ねられただけで、事件とは関係がないと判断されたようだ。まあ、奉行の温情でもあったのだろう。

「村田屋はこれでお仕舞いだろうか」

お文は心配そうに言う。

「ご新造には踏ん張ってくれと言っておいたが」

「そうかえ。本当に踏ん張ってくれたらいいのだけど。あそこの漬物はおいしいからね。食べられなくなると思えば寂しいよ」

「茶漬けが喰いたくなった」

伊三次はぽつりと言う。

「村田屋の漬物と一緒にかえ」

「ああ」

伊三次はその日、帰りに村田屋に立ち寄り、詰め合わせの小折を買った。まるで口取りのように薄切りの漬物が並んでいた。娘のお吉は喜んで晩めしの時に食べたが、まだ残っているはずだ。村田屋がどうなるかは、伊三次もわからないが、うまい漬物は食べられる内に食べておきたかった。

夜も更けた。夫婦はうまそうに茶漬けを啜り、かりこりと音をさせて漬物を食べた。


幸い、村田屋は信兵衛が死罪の沙汰《さた》となってから半年ほど見世を閉めていたが、その後は商売を再開した。信兵衛の罪は村田屋に入る前のことだったので、世間の人々は村田屋に非がないと考える者がおおかただったからだろう。

ただ、毎年、夏になると村田屋の庭には蛍が飛んだものだが、翌年からぴたりと消えてしまったのは不思議だった。

「うちの人と一緒に蛍も消えてしまったんですよう」

おとよは泣き笑いの顔で伊三次にそう言った。

「またその内、蛍は戻って来ますよ」

伊三次は慰めた。本当に本当？　おとよは三人の子供の母親とは思えない無邪気な表情で伊三次に確かめるのだった。かねまさこと、青物屋政吉は三年間の人足寄《にんそくよ》せ場《ば》送りの沙汰で済んだという。

解　説

大矢博子

二〇一五年十一月七日、宇江佐真理さんの訃報に立ち尽くした。

それからしばらく追悼コラムなどの執筆に追われ、落ち着いたのは年明けに「髪結い伊三次捕物余話」第十二巻『名もなき日々を』の文庫が出た頃だったと思う。

単行本で一度は読んでいたそれをあらためて手に取り、やはり面白いなあと思いながら一話ずつ味わい――

愕然としたのは、最後の一話を読み終わってめくったページに、「文庫のためのあとがき」がないことに気づいたときだ。

なぜだかはわからない。亡くなったことは知っているのに、帯にも「追悼」と大きな文字があしらわれていたのに、伊三次の文庫の最後には宇江佐さんのあとがきが当然あるものだと、思い込んでいたのである。

あるはずのものが、そこに、ない。

そのとき初めて私は「もう、いないのだ」と実感したのだと思う。同じ思いを抱いた読者の方も、きっと多かったことだろう。

本書『昨日のまこと、今日のうそ』はシリーズ第十三巻である。本書にも、著者のあとがきはない。その欠落を拙稿で埋められるとは到底思えないが、しばしお付き合い願いたい。

宇江佐さんのあとがきは第二巻『紫紺のつばめ』から掲載が始まった。しばらくは評論家や作家の解説が併録されていたが、第八巻『我、言挙げず』の島内景二さんの解説を最後に、その後は宇江佐さんのあとがきだけとなっている。

時には自作解説が、時には創作秘話が、そして時には世間のニュースへの思いや身辺雑記などが綴られたあとがきは、文庫派にとっては嬉しいボーナストラックであり、シリーズの名物だった。

ところが、あとがきだけで締めくくられるようになった第九巻『今日を刻む時計』以降、宇江佐さんは立て続けに読者を驚かせたのである。

おっと、そのまえに、本書の設定を簡単に説明しておこう。

主人公は、店を持たず顧客の家を廻って髪を結う〈廻り髪結い〉の伊三次。長年、同心の不破友之進の捕物を手伝う小者でもある。彼らによる捕物帳、というのが本シリーズのひとつの核だ。

もうひとつの核は、登場人物たちの変化と成長にある。最初は独り者だった伊三次も、第四作『さんだらぼっち』で芸者のお文と夫婦になり、九兵衛という弟子もできた。第五作『黒く塗れ』では長男の伊与太が生まれた。

一方、不破家では『黒く塗れ』で長女の茜が生まれたり、第六作『君を乗せる舟』で長男の龍之進が元服し、父親と一緒に奉行所へ出仕するようになったり。シリーズ序盤から読んでいる読者にとって「あの子がこんなに大きくなって！」と親戚のような目で彼らを見つめるのも、本書の大きな楽しみである。


さて、最初の驚きは、それまで一巻一年のペースで進んできた物語が、『今日を刻む時計』で一気に十年の時を飛び越えたことだ。本シリーズ開始時点で二十五歳だった伊三次は、『我、言挙げす』で三十三歳になった。それが『今日を刻む時計』ではいきなり不惑を越えている。幼かった長男の伊与太は十代半ばとなり絵師の修業をするため家を出ており、その前までは影も形もなかった長女・お吉が、おしゃまな口をきいていた。不破家でも、元服したばかりだった長男・龍之進が一気に二十七歳になって、置屋に居続けなどしているではないか！

この間に何があったのかは、のちにシリーズ唯一の長編『月は誰のもの』（文春文庫書き下し↓『擬宝珠のある橋』に再録）で語られることになるが、『今日を刻む時計』の第一話を読んだとき、「ええっ？」と変な声が出たのを覚えている。

時を一気に進めた理由は『今日を刻む時計』のあとがきで宇江佐さん自らが語っているので繰り返さないが、ここから「髪結い伊三次捕物余話」第二期が始まった、と言っていいだろう。伊三次を中心とした物語から、子どもたち――第二世代の物語がシリーズの中で大きな位置を占めるようになってきたのである。

これは平岩弓枝の「御宿かわせみ」シリーズが「新・御宿かわせみ」へと駒を進めたときと似ている。だが、「かわせみ」が完全に第二世代の物語へシフトしたのに対し（だから「新」なのである）、「伊三次」は、第二世代である龍之進、茜、伊与太、お吉らの新たな物語と並行して、第一世代の伊三次、お文、不破友之進、いなみ、そして伊三次の弟子の九兵衛や不破家の中間・松助といったお馴染みの面々の物語も続いている。そしてこの二つの流れは別々のものではなく、ひとつの大きなコミュニティの物語として、分かち難く結びついているのが最大の特徴だ。

これは本シリーズにある効果をもたらした。もともと、町人の伊三次一家と、町方役人である不破家という舞台設定から、町人と武家という異なる視点で人生を描いてきたシリーズだったが、そこに今度はさまざまな世代が書けるようになったのである。

本書の収録作を見てみよう。

「共に見る夢」は、不破龍之進と妻のきいに第一子・栄一郎が誕生する（あの龍之進がついに父親に！　彼の初恋から知っている読者には感無量だ）。ところが間をおかず、友之進の同僚の妻が亡くなり、誕生と死を考えさせる一編となっている。

「指のささくれ」では、九兵衛とおてんの結婚話が一旦頓挫する。表題作「昨日のまこと、今日のうそ」は、茜が奉公する松前藩の屋敷での大事件だ。

「花紺青」は同僚の絵の才能に嫉妬する伊与太の物語。ここに登場する葛飾北斎の娘・お栄が、のちの女浮世絵師・葛飾応為である。また、本編で九兵衛とおてんが祝言を挙げる。

「空蝉」と「汝、言うなかれ」は捕物帳だ。前者は奉行所の中に賊に内通している者がいるという話。後者は昔一度人を殺したことのある男が、時を経て、別の事件の容疑者になる物語である。どちらも現代に通じる問題を描いており、これも本シリーズの長年にわたる魅力のひとつとなっている。

　いかがだろう。孫の誕生、青春の苦悩、お家騒動、祝言、捕物帳。それぞれ中心となる人物も、描かれるテーマも異なっている。

　伊与太に絵師という夢をもたせたことで、才能の有無に悩む青年の物語が生まれた。男勝りの茜には、別式女《めあわ》という道を与え、大名のお家騒動を絡めた。伊三次の弟子の九兵衛に大店の娘を娶せたことで、髪結い床を持つまではお文と結婚しないと頑なに決めていた若き日の伊三次と対比させた。この巻ではないが、龍之進の妻きいに対する茜の可愛い小姑っぷりも、お吉が髪結いになると言って親を喜ばせたことも、そして何より伊与太と茜の思いを寄せ合う様も、伊三次というひとりの男を端緒に、つながりがどんどん広がっていったからこそ生まれた物語であることがおわかりいただけるだろう。

だが、広がるだけではない。レギュラーメンバーがいかに増えようと、心の拠り所は常にひとつ処にある。伊三次の家が、不破の家が、しっかりとシリーズの核にある。その核にしっかり根を張り、互いが互いを思い合う心の有り様は、シリーズ第一作から微塵も変わってはいない。だから読者は安心して、家を飛び出した若者の話も読めるのだ。

時を経れば、人は変わる。年齢によっても変わるし、立場によっても変わる。その中で変わらないものもある。「髪結い伊三次捕物余話」は、その変わるものと変わらないものを描き続けるシリーズなのである。


さて、私は先ほど「『今日を刻む時計』以降、宇江佐さんは立て続けに読者を驚かせた」と書いた。十年の時が飛んだことがひとつ。もうひとつは、第十巻『心に吹く風』のあとがきで、自らの癌を告白したことである。

単行本が文庫になるまで約三年かかるので、この本が書かれたのはまだ告知前だ。それでも、作中で誕生や死が扱われるたびに、あるいは誰かが未来に思いを馳せるたびに、宇江佐さんに重ねずにはいられない。詮無いことだとわかってはいるのだが。

「髪結い伊三次捕物余話」は、ただ宇江佐真理のライフワークだっただけではない。今でこそシリーズ作品を持つ女性時代小説家は百花繚乱だが、八〇年代までは平岩弓枝が孤軍奮闘していたジャンルである。そこに、八九年、北原亞以子の「本所深川澪通り」シリーズが登場した。そして九七年に「髪結い伊三次捕物余話」で宇江佐真理がデビューする。「髪結い」という職業を前面に出した本書は、のちに花開く「江戸お仕事小説」ジャンルの走りである。

二〇〇〇年以降の、女性作家によるシリーズ物の時代小説の隆盛はご存知の通りだ。それは平岩弓枝が切り開き、北原亞以子が均《なら》し、宇江佐真理が一気に広げて後進を呼び込んだ道である。宇江佐真理と「髪結い伊三次捕物余話」は、現在の時代小説の、紛れもない里程標的一作なのだ。

第十一作『明日のことは知らず』所収の「あやめ供養」の最後は、こんな文で締められている。

「亡くなった人を忘れないことが本当の供養なのだと、伊三次はこの頃、つくづく思うようになった」

この言葉をあらためて嚙みしめている。「髪結い伊三次捕物余話」は本書を入れてあと三作。一編一編をゆっくり楽しんでいただきたい。ときにはシリーズの最初に戻って、血気盛んだった伊三次や意地っ張りのお文、ヨチヨチ歩きの伊与太に再会するのもいい。九兵衛が伊三次の弟子になった経緯や、茜が生まれたときの喜びをもう一度味わうのもいい。

宇江佐さんはもういなくても、本を開けば、彼らはそこにいつでもいてくれる。こうして遺された作品がある限り、読み続ける限り、読者は宇江佐真理を忘れない。それが本当の供養なのだ。

（書評家）

単行本　二〇一四年九月　文藝春秋刊

文春文庫

昨日《きのう》のまこと、今日《きょう》のうそ
髪結《かみゆ》い伊三次《いさじ》捕物余話《とりものよわ》

定価はカバーに表示してあります

2016年12月10日　第1刷

著　者　宇江佐真理《うえざまり》
発行者　飯窪成幸
発行所　株式会社 文藝春秋

東京都千代田区紀尾井町 3-23　〒102-8008
TEL 03・3265・1211
文藝春秋ホームページ　http://www.bunshun.co.jp

落丁、乱丁本は、お手数ですが小社製作部宛お送り下さい。送料小社負担でお取替致します。

印刷・凸版印刷　製本・加藤製本

Printed in Japan
ISBN978-4-16-790742-6

（　）内は解説者。品切の節はご容赦下さい。

宇江佐真理
桜花《さくら》を見た
隠し子の英助が父に願い出たこととは。刺青判官遠山景元と落し胤《だね》との生涯一度の出会いを描いた表題作ほか、蠣崎波響など実在の人物に材をとった時代小説集。（山本博文）
う-11-7

宇江佐真理
蝦夷拾遺　たば風
幕末の激動期、蝦夷松前藩を舞台にし、探検家・最上徳内など蝦夷の地で懸命に生きる男と女の姿を描く。函館在住の著者が郷土愛を込めて描いた、珠玉の六つの短篇集。（蜂谷　涼）
う-11-9

宇江佐真理
大江戸怪奇譚　ひとつ灯せ
ほんとうにあった怖い話を披露しあう「話の会」の魅力に取り憑かれたご隠居に、奇妙な出来事が……。老境の哀愁と世の奇怪が絡み合う、宇江佐真理版「百物語」。（細谷正充）
う-11-11

宇江佐真理
江戸前浮世気質　おちゃっぴい
鉄火伝法、やせ我慢、意地っ張り、おせっかい、道楽三昧…。面倒なのになぜか憎めない江戸の人々を、絶妙の筆さばきで描いた、大笑いのちホロリと涙の傑作人情噺。（ペリー荻野）
う-11-13

宇江佐真理
河岸の夕映え
神田堀八つ下がり
御厩河岸、竈河岸、浜町河岸……。江戸情緒あふれる水端を舞台に、たゆたう人々の心を柔らかな筆致で描いた、著者十八番の人情噺。前作『おちゃっぴい』の後日談も交えて。（吉田伸子）
う-11-15

杉本章子・宇江佐真理・あさのあつこ
衝撃を受けた時代小説傑作選
人気時代小説作家三人が、読者として「衝撃を受けた」「とにかく面白い」短編を二編ずつ選んだアンソロジー。藤沢周平、山田風太郎、榎本滋民、滝口康彦、岡本綺堂、菊池寛の珠玉の名作六篇。
編-20-2

（　）内は解説者。品切の節はご容赦下さい。

乙川優三郎
闇の華たち
計らずも友の仇討ちを果たした侍の胸中を描く「花映る」ほか、封建の世を生きる男女の凜とした精神と、苛烈な運命の先に輝くあたたかな光を描く。名手が紡ぐ六つの物語。（関川夏央）
お-27-4

奥山景布子
源平六花撰
屋島の戦いで、那須与一に扇を射抜かれたことから疎まれるようになった平家の女の運命は――。落日の平家をめぐる女人たちの悲哀を、華麗な文体で描いた短編集。（大矢博子）
お-63-1

海音寺潮五郎
加藤清正（上下）
文治派石田三成、小西行長との宿命的な確執、大恩ある豊家危急存亡の苦悩――英雄豪傑の象徴のように伝えられるこの武将の鎧の内にあった人間の素顔を剔抉する傑作歴史長篇。
か-2-19

海音寺潮五郎
戦国風流武士　前田慶次郎
戦国一の傾き者、前田慶次郎。前田利家の甥として幾多の合戦で武功を挙げる一方、本阿弥光悦と茶の湯や伊勢物語を語る風流人でもあった。そんな快男児の生涯を活写。（磯貝勝太郎）
か-2-42

海音寺潮五郎
天と地と（全三冊）
戦国史上最も戦巧者であり、いまなお語り継がれる武将・上杉謙信。遠国の越後でなければ天下を取ったといわれた男の半生と、宿敵・武田信玄との数度に亘る川中島の合戦を活写する。
か-2-43

海音寺潮五郎
田原坂《たばるざか》　小説集・西南戦争
著者が最も得意とした〝薩摩もの〟の中から、日本最後の内乱となった西南戦争に材をとった作品と、新たに発見された未発表作品「戦袍日記」を含めて全十一篇を贈る。（磯貝勝太郎）
か-2-59

海音寺潮五郎
茶道太閤記
天下人秀吉を相手に一歩も引かなかった誇り高き男・千利休。二人の対立を、その娘お吟と北政所らの繰り広げる苛烈な人間模様を通して描く。千利休像を一新させた書。（磯貝勝太郎）
か-2-60

（　）内は解説者。品切の節はご容赦下さい。

加藤　廣
信長の棺（上下）
消えた信長の遺骸、秀吉の中国大返し、桶狭間山の秘策――。丹波を訪れた太田牛一は、阿弥陀寺、本能寺、丹波を結ぶ〝闇の真相〟を知る。傑作長篇歴史ミステリー。（縄田一男）
か-39-1

加藤　廣
秀吉の枷（全三冊）
「覇王（信長）を討つべし！」　竹中半兵衛が秀吉に授けた天下取りの秘策。異能集団〈山の民〉を伴い天下統一を成し遂げ、そして病に倒れるまでを描く加藤版「太閤記」。（雨宮由希夫）
か-39-3

加藤　廣
明智左馬助の恋（上下）
秀吉との出世争い、信長の横暴に耐える主君光秀を支える忠臣左馬助の胸にはある一途な決意があった。大ベストセラーとなった『信長の棺』『秀吉の枷』に続く本能寺三部作完結篇。
か-39-6

加藤　廣
安土城の幽霊　「信長の棺」異聞録
たった一つの小壺の行方が天下を左右する。信長、秀吉、家康と持ち主の運命に大きく影響した器の物語を始め、「信長の棺」外伝といえる著者初めての歴史短編集。（島内景二）
か-39-8

加藤　廣
信長の血脈
信長の傅役・平手政秀自害の真の原因は？　秀頼は淀殿の不倫で生まれた子？　島原の乱の黒幕は？　『信長の棺』のサイドストーリーともいうべき、スリリングな歴史ミステリー。
か-39-9

風野真知雄
耳袋秘帖
妖談うつろ舟
江戸版ＵＦＯ遭遇事件と目される「うつろ舟」伝説。深川の白蛇、幽霊を食った男…。怪奇が入り乱れる中、闇の者とさんじゅあんの謎を根岸肥前守はついに解き明かすのか？　堂々の完結篇。
か-46-23

風野真知雄
死霊大名　くノ一秘録１
伊賀国でくノ一として修業を積んできた16歳の蛍。千利休から松永久秀を探る命を受け、父とともに旅に出る。そこで目にしたのは「死と戯れる」秘技だった。新シリーズ第１弾！
か-46-24

（　）内は解説者。品切の節はご容赦下さい。

風野真知雄
死霊坊主
くノ一秘録2
生死の境がゆらぐ乱世で、即身成仏に失敗した筒井順慶——敵対する松永久秀の率いる死霊軍団との壮絶な闘いに、16歳のくノ一・蛍は巻き込まれていく！　圧巻のシリーズ第2弾。
か-46-25

風野真知雄
死霊の星
くノ一秘録3
彗星が夜空を流れ、人々はそれを弾正星と呼んだ——。松永弾正久秀が愛用する茶釜に隠された死霊の謎。狐憑きが帝の御所で跋扈するなか、くノ一の蛍は命がけで松永を探る！
か-46-26

梶　よう子
一朝の夢
朝顔栽培だけが生きがいで、荒っぽいことには無縁の同心・中根興三郎は、ある武家と知り合ったことから思いもよらぬ形で幕末の政情に巻き込まれる。松本清張賞受賞。（細谷正充）
か-54-1

梶　よう子
夢の花、咲く
植木職人の殺害と、江戸を襲った大地震、さらに直後に続く付け火。朝顔栽培が生きがいの気弱な同心・中根興三郎は、無関係に見える事件の裏に潜む真実を暴けるのか？（大矢博子）
か-54-2

北方謙三
独り群《ぐん》せず
大塩の乱から二十余年。武士を辞めて、剣を包丁にもちかえた利之だが、乱世の相は大坂にも顕われる。『杖下に死す』続篇となる歴史長篇。舟橋聖一文学賞受賞作。（秋山　駿）
き-7-11

北原亜以子
恋忘れ草
女浄瑠璃、手習いの師匠、料理屋の女将など江戸の町を彩るキャリアウーマンたちの心模様を描く直木賞受賞作。表題作の他、「恋風」「男の八分」「後姿」「恋知らず」など全六篇。（藤田昌司）
き-16-1

北原亜以子
消えた人達
爽太捕物帖
「探さないで」と置き手紙を残し、忽然と消えてしまった幼馴染み弥惣吉の女房。中山道へ行方を追う爽太たちが出合ったものとは。若き爽太と江戸下町の哀歓を描く傑作長篇。（杉本章子）
き-16-6

（　）内は解説者。品切の節はご容赦下さい。

北原亞以子
妻恋坂
人妻、料理屋の女将、私娼、大店の旦那の囲われ者、居酒屋の女主人など、江戸の世を懸命に生きる女たちの哀しさ、痛ましさを艶やかに描いた著者会心の短篇全八作を収録。（竹内　誠）
き-16-5

北原亞以子
東京駅物語
それぞれの時代の夢が行き交う煉瓦の駅舎・東京駅。明治の建設当時から昭和の激動期まで、この駅が紡いできた年月と、そこで交錯した人生を丹念に描く、男と女の九つの物語。（酒井順子）
き-16-7

北原亞以子
あんちゃん
江戸に出た若い百姓が商人として成功した後に大きなものを失ったことに気づく表題作など、江戸を舞台にしながら現代に通じる深いテーマを名手が描く。珠玉の全七話。（ペリー荻野）
き-16-8

北原亞以子
ぎやまん物語
秀吉への貢ぎ物としてポルトガルから渡来したぎやまんの手鏡が映し出す、於袮、淀君、お江、尾形光琳や赤穂義士らの心模様。著者の遺作となった華麗な歴史絵巻。（清原康正）
き-16-9

北原亞以子
あこがれ　続・ぎやまん物語
八代将軍吉宗と尾張藩主宗春との確執から、田沼意次、平賀源内、最上徳内、シーボルト、そして黒船来航、新撰組や彰義隊の闘いと、ぎやまんの手鏡は映し出していく。（米村圭伍）
き-16-10

北　重人
花晒し
元芸者で亡夫の跡を継いだ元締・右京が、江戸の街に起こる事件を鮮やかな手筋で仕切る―。急逝した著者の最後の連作短篇ほか、新人賞を受賞した幻のデビュー作を収録！（池上冬樹）
き-27-5

五味康祐
柳生武芸帳（上下）
散逸した三巻からなる「柳生武芸帳」の行方を巡り、柳生但馬守宗矩たちと、長年敵対関係にある陰流・山田浮月斎一派が繰り広げる死闘、激闘。これぞ剣豪小説の醍醐味！（秋山　駿）
こ-9-13

（　）内は解説者。品切の節はご容赦下さい。

幸田真音
あきんど
絹屋半兵衛（上下）
近江の呉服古着商を大店に仕立て上げた半兵衛が挑む新たな商いは、茶碗作りだった。藩主・井伊直弼の運命と交錯する幻の焼き物、湖東焼《ことうやき》誕生を描く歴史経済ロマン。（細谷正充）
こ-25-3

小前　亮
蒼き狼の血脈
チンギス・カンの死後、熾烈を極める後継者争いに背を向け、モンゴル帝国の拡大に力を尽くした名将バトゥ。史上空前の東方遠征を成功に導き、後世に賢明《サイン・カン》なる王と呼ばれた男の生涯。
こ-44-1

堺屋太一
豊臣秀長
ある補佐役の生涯（上下）
豊臣秀吉の弟秀長は常に脇役に徹したまれにみる有能な補佐役であった。激動の戦国時代にあって天下人にのし上がる秀吉を支えた男の生涯を描いた異色の歴史長篇。（小林陽太郎）
さ-1-14

佐藤雅美
私闘なり、敵討ちにあらず
八州廻り桑山十兵衛
北関東を廻っていた十兵衛は、旧知の元町奉行が、名門の総領息子から逆恨みされた挙句、理不尽な「敵討ち」により落命したと知る。怒り心頭の十兵衛、珍しくお役目も忘れて…。
さ-28-21

佐藤雅美
縮尻《しくじり》鏡三郎（上下）
有能であるが故に勘定方から仮牢兼調所でもある大番屋の元締に左遷された鏡三郎が、侍から町人、果ては将軍から持ち込まれる難問を次々と解決。江戸の暮らしぶりを情感豊かに描く。
さ-28-5

佐藤雅美
夢に見た娑婆
縮尻鏡三郎
鏡三郎も好む江戸庶民の味、鳥肉料理。だが鳥問屋をめぐっておかしな動きがあり、窮地に陥った仲買人・新三郎のために、鏡三郎はひと肌脱ごうと東奔西走！　人気シリーズ第七弾。
さ-28-22

酒見賢一
泣き虫弱虫諸葛孔明　第壱部
口喧嘩無敗を誇り、自分をいじめた相手には火計(放火)で恨みを晴らす、なんともイヤな子供だった諸葛孔明。新解釈にあふれ、無類に面白い酒見版「三国志」、待望の文庫化。（細谷正充）
さ-34-3